〔中国书籍文学馆·散文苑〕

# 你若精彩 蝴蝶自来 丽萍题图

倪西赟/著

中国书籍出版社
China Book Press

图书在版编目（CIP）数据

你若精彩，蝴蝶自来 / 倪西赟著 . —北京：中国书籍出版社，2014.3
（中国书籍文学馆·散文苑）
ISBN 978-7-5068-3981-5

Ⅰ.①你… Ⅱ.①倪… Ⅲ.①散文集—中国—当代 Ⅳ.① I267

中国版本图书馆 CIP 数据核字（2013）第 305595 号

### 你若精彩，蝴蝶自来

倪西赟　著

| | |
|---|---|
| 图书策划 | 武　斌　　崔付建 |
| 责任编辑 | 卢安然 |
| 责任印制 | 孙马飞　　张智勇 |
| 出版发行 | 中国书籍出版社 |
| 地　　址 | 北京市丰台区三路居路 97 号（邮编：100073） |
| 电　　话 | （010）52257143（总编室）（010）52257153（发行部） |
| 电子邮箱 | chinabp@vip.sina.com |
| 经　　销 | 全国新华书店 |
| 印　　刷 | 北京富达印务有限公司 |
| 开　　本 | 650 毫米 ×940 毫米　1/16 |
| 字　　数 | 175 千字 |
| 印　　张 | 14.25 |
| 版　　次 | 2014 年 12 月第 1 版　　2014 年 12 月第 1 次印刷 |
| 书　　号 | ISBN 978-7-5068-3981-5 |
| 定　　价 | 28.00 元 |

版权所有　翻印必究

# 序

李敬泽

"中国书籍文学馆",这听上去像一个场所,在我的想象中,这个场所向所有爱书、爱文学的人开放,不管是白天还是夜晚,人们都可以在这里无所顾忌地读书——"文革"时有一论断叫做"读书无用论",说的是,上学读书皆于人生无益,有那工夫不如做工种地闹革命,这当然是坑死人的谬论。但说到读文学书,我也是主张"读书无用"的,读一本小说、一本诗,肯定是无法经世致用,若先存了一个要有用的心思,那不如不读,免得耽误了自己工夫,还把人家好好的小说、诗给读歪了。怀无用之心,方能读出文学之真趣,文学并不应许任何可以落实的利益,它所能予人的,不过是此心的宽敞、丰富。

实则,"中国书籍文学馆"并非一个场所,它是一套中国当代文学、当代小说的大型丛书。按照规划,这套丛书将主要收录当代名家和一批不那么著名,但颇具实力的作家的长篇小说、中短篇小说集和散文集等。"中国书籍文学馆"收入这批名家和实力作家的作品，就好比一座厅堂架起四梁八柱，这套丛书因此有了规模气象。

现在要说的是"中国书籍文学馆"这批实力派作家，这些人我大多熟悉，有的还是多年朋友。从前他们是各不相干的人，现在，"中国书籍文学馆"把他们放在一起，看到这个名单我忽然觉得，放在一起是有道理的，而且这道理中也显出了编者的眼光和见识。

当代文学，特别是纯文学的传播生态，大抵集中在两端：一端是赫赫有名的名家，十几人而已；另一端则是"新锐"青年。评论界和媒体对这两端都有热情，很舍得言辞和篇幅。而两端之间就颇为寂寞，一批作家不青年了，离庞然大物也还有距离，他们写了很多年，还在继续写下去，处在最难将息的文学中年，他们未能充分地进入公众视野。

但此中确有高手。如果一个作家在青年时期未能引起注意，那么原因大抵有这么几条：

一、他确实没有才华。

二、他的才华需要较长时间凝聚成形，他真正重要的作品尚待写出。

三、他的才华还没有被充分领会。

四、他的运气不佳，或者，由于种种原因，他的写作生涯不够专注不够持续，以至于我们未能看见他、记住他。

也许还能列出几条，仅就这几条而言，除了第一条令人无话可说之外，其他三条都使我们有足够的理由对这些作家深怀期待。实际上，中国当代文学的丰富性、可能性和创造契机，相当程度上就沉着地蕴藏在这些作家的笔下。

这里的每一位作者都是值得关注、值得期待的。"中国书籍文学馆"收录展示这样一批作家，正体现了这套丛书的特色——它可能真的构成一个场所,在这个场所中,我们不仅鉴赏当代文学中那些最为引人注目的成果,而且,我们还怀着发现的惊喜,去寻访当代文学中那相对安静的区域,那里或许是曲径幽处,或许是别有洞天,或许是,众里寻他千百度,蓦然回首,那人却在,灯火阑珊处……

# 目录

## 第一辑 最后放手的人最疼

十七岁那年，梧桐花的吻 / 002

最后放手的人最疼 / 009

拈花不惹草 / 017

等他起飞 / 020

爱她，就写上她的名字 / 023

花心是病，痴心是毒 / 026

短信奇缘 / 029

睡在猪背上的女人 / 033

幸福就是那些俗事儿 / 038

爱，就这样为她哈一口暖气 / 041

## 第二辑 父亲把我种在城里

城里的儿孙，乡下的父亲 / 046

想当年 / 050

拼命活着 / 056

让爱去爱 / 058

世上最好的厨师是母亲 / 063

父亲把我种在城里 / 065

小靓仔和靓老爸 / 069

温暖的板栗 / 074

天堂里没有暴风雪 / 077

## 第三辑 你若精彩，蝴蝶自来

你若精彩，蝴蝶自来 / 084

没有翅膀也能飞翔 / 087

"吻"出精彩人生 / 090

弯腰捡到两个亿 / 093

把好奇变成神奇 / 095

幸福总是拐个弯 / 097

有些事不能分享 / 099

谁是伤你最深的人 / 101

只不过依了你的习惯 / 103

为他人节省点时间 / 105

不妨把一句好话说上四次 / 107

不痴迷人脉 / 109

后会无期 / 111

## 第四辑 护犊飞跃

护犊飞跃 / 114

芦花鸡进城 / 120

幸福的羊咩咩 / 127

蜘蛛和黄蜂 / 132

小黑的爱情 / 136

虎 皮 / 139

欲者上钩 / 142

野猪复仇 / 145

近猪者痴 / 151

大师的狗 / 154

## 第五辑 和老板的那点事儿

沉下去，浮上来 / 156

对手扔你石头，你送对手金子 / 159

卑微的工作也得高薪水 / 162

"金牌前台"的职业经 / 165

拼命才有命 / 168

让员工有派头 / 170

让机会为你倾倒 / 173

和老板的那点事儿 / 176

一头驴子的职场故事 / 180

在办公室里养狼 / 183

## 第六辑 讨厌你的口水

小声说话的力量 / 188

邻居花黛的生活 / 190

讨厌你的口水 / 192

少说对不起，多说没关系 / 194

顾客是二弟 / 196

欢迎光临 / 198

什么让我们变得恶毒 / 201

一条被奢侈死的狗 / 203

美好的底线 / 206

一个微笑定乾坤 / 209

一周一份工作 / 213

第一辑

最后放手的人最疼

# 十七岁那年，梧桐花的吻

## 你的初吻留给谁

五月，校园里的梧桐花开了。

苏小沫胸前抱着一本书，一个人漫步在梧桐树下。

她喜欢梧桐树嫩绿的叶子，喜欢梧桐花浅紫的花瓣和淡淡的清甜的味道，喜欢从梧桐叶间洒下的碎碎的阳光……

隔壁班上几个男生，下课后没有走，而是站在一棵梧桐树下的石凳上，聚在一起喧哗着，争论着。

一个男生调皮地嚷嚷着，让大家说说自己的初吻应该留给谁。

一个男生说，我的初吻应该留给与我结婚的人。

太老土了，没劲！众男生长叹。

一个男生说，我早就没有初吻了，我的初吻早就被疼爱我的奶奶掠去了，小时候奶奶可疼我了，每天都亲我。

众男生又是一阵哄笑。

一个男生说，我的初吻？说起来挺尴尬，有一次我在猪圈里喂猪，一不小心摔倒了，嘴巴正好吻在猪屁股上，我的初吻就这样轻易送给了那头猪。

不是你无辜,而是便宜了那头猪。哈哈哈,男生们转着圈,一阵跺脚大笑。

一个男生突然叫道,夏雨辰,你的初吻留给谁?

当然……当然是留给自己初恋的人了。穿着白衬衫的夏雨辰,嘿嘿笑道。

你的初恋是谁?众男生起哄。

夏雨辰瞟了一眼正抱着书走过来的苏小沫,大声说,你们看看她行不行?

男生们一阵狂笑。

苏小沫听了夏雨辰的话,耳廓微微红了,起初她有点儿不知所措。

突然,苏小沫把抱在胸前的书,朝夏雨辰扔去,书不偏不倚,刚好砸到正在嘻嘻哈哈的夏雨辰的头上。

稀里哗啦,夏雨辰就这样倒下了。

## 喜欢梧桐花的女孩

在校园的墙根,也站着一溜儿高大的梧桐树。

树冠骑着墙,慷慨地把绿荫分给墙内学生们休闲的绿荫道和墙外行人走的小路。

再见苏小沫,也是在这溜梧桐树下。

嗨,苏小沫,那天没吓坏你吧?夏雨辰拦住了正在散步的苏小沫。

哦,是你啊夏雨辰,那天没砸晕你?苏小沫看着夏雨辰额头上的包,捂着嘴笑了。

没事没事,我的头硬着呢。夏雨辰大大咧咧地说。

没事就好,以后可不要随便开玩笑,下次要再乱开玩笑,小心我还给你一个"馒头"。苏小沫指着夏雨辰额头上还没消褪的包警告说。

那是那是,妹妹教训的是。夏雨辰顿了顿说,你是不是很喜欢梧桐花?

嗯,我的家乡,屋前屋后,村里村外,到处是梧桐树。村里人都喜欢梧桐树、梧桐花。

你是你们村里的凤凰吧?夏雨辰说。

苏小沫笑了,但是不答。

说到苏小沫的家乡,苏小沫一阵伤感。

她的家乡在一个偏远的小山村,那里有她整日辛勤劳作的父母亲……

此时,轻柔的阳光从梧桐树间落下来,落在苏小沫那十七岁的唇上,是那么迷人。

好想好想吻一下苏小沫的唇,夏雨辰的这个想法,并不是突发奇想,而是蓄谋已久了。

其实,被苏小沫砸中头,是个阴谋。夏雨辰一直喜欢苏小沫,只是无从搭讪和接近。他知道苏小沫每天放学后,都要到那溜梧桐树下读书或者静静地走一走。

那天,是他让同班同学配合,自导自演了那一幕,为的就是吸引苏小沫的注意。

无论如何,都要在毕业前吻一下苏小沫的唇,哪怕是被暴打。

夏雨辰坚定了这个想法。

## 纸上的吻

苏小沫和夏雨辰是同级不同班的同学。

苏小沫并不排斥与夏雨辰接触。她觉得夏雨辰虽然玩世不恭,学习不好，但是不自私，人缘儿好，和他在一起有一种很舒服的感觉。

苏小沫和夏雨辰常常一同到梧桐树下散步。

下午最后一节课是数学课，老师不在，全班自行复习。

夏雨辰翻了几页书，复习不下去。他悄悄铺开一张白纸，在上面轻轻素描出苏小沫的头像。描完后，他不是很满意，于是把苏小沫那两片翘翘的嘴唇，用笔涂得鲜红欲滴。看着白纸上的苏小沫被他恶搞的样子，心里偷笑起来。

之后，他有点儿无聊，又有点儿困，不久就进入了梦乡。在梦里了，他看到苏小沫笑盈盈向他走来，夏雨辰在梦里又流口水了。

夏雨辰醒来的时候，突然发现已经下课了。更让人惊奇的是苏小沫站在他的面前，正对着他左看右看。原来，下课后苏小沫刚好经过夏雨辰的课室，看到夏雨辰还在睡觉，于是走了进来。

夏雨辰，真有你的，快高考了还敢睡？苏小沫曲起食指，轻敲他的头。

小睡，小睡，夏雨辰说着便不好意思站起来。那张画着苏小沫的白纸，却粘在夏雨辰的脸上。夏雨辰慌忙扯下来，一朵鲜红的吻印落在夏雨辰的腮上。

我看看你画的什么？苏小沫抢过夏雨辰手中的白纸。

苏小沫看到那张红唇，脸红了。

画着玩的，见笑了。夏雨辰慌里慌张把那张画着红唇的纸收了起来。

苏小沫对夏雨辰说，还胡思乱想，就高考了，加把劲。

脱了鞋都赶不上了，我不想杀死自己聪明绝顶的脑细胞。夏雨辰一脸的无所谓。

你，你真的没救了。苏小沫甩甩手，走了。

可不久，苏小沫又折回头。夏雨辰一愣。

你真的想吻我？苏小沫抬起头问夏雨辰。

夏雨辰微微一怔，面对苏小沫的询问，他不再嘻嘻哈哈。

那，那当然想，谁不想呢。夏雨辰挠挠头皮，第一次说话不利索了。

等你考上北大了，你才可以吻我。苏小沫说完，转身，留给夏雨辰一个背影。

## 豁了老命追赶

我能行么？这看似一个不可能完成的任务。夏雨辰有点儿迷茫。

可是，他不得不收敛了玩世不恭。因为，他知道这是一个女孩子对他的期待。

夏雨辰开始忙碌起来。

夏雨辰，放学后我们去打桌球吧？李猛下午上课前叫他。

不去，我要复习功课。夏雨辰有气无力地答道。

夏雨辰，晚上我们去打游戏？张扬下课后叫他。

不去，我要考重点。夏雨辰有气无力地答道。

夏雨辰，周末我们去爬山？文印站在他面前。

不去不去，你们别来烦我好不好？夏雨辰故作镇静。

夏雨辰，你变了，变得不像你了。

夏雨辰，你为了她，这么折磨自己，多可怜啊。

夏雨辰，你……

你们烦死了，都走开都走开！夏雨辰发飙了！

"死党"们都走了，夏雨辰心里一阵空落。是的，以前，有什么好玩的，都是他来组织"死党"们一起玩，玩到癫狂！可现在，自己像一只病了的老虎，呻吟着。

年级测试，夏雨辰的成绩有了一点点进步。班主任还趁热打铁在班上大张旗鼓表扬了夏雨辰，夏雨辰心里像吃了蜜糖一样。

"听说你的成绩提高很快哦。"苏小沫知道夏雨辰的成绩有所提高，也来祝贺一番。

"过奖过奖，比起你来，差了十万八千里呢。"夏雨辰得意之下不忘恭维。

是的，夏雨辰的成绩只是昙花一现，年级再次测试，夏雨辰的成绩又回到了原点。

夏雨辰一脸茫然，他知道，按照自己现在的成绩，考北大？简直是"白搭"。

他有好长时间不去找苏小沫了。

## 梧桐花的吻

昨夜。梧桐。细雨。

早上，校园淡紫色的梧桐花落满了一地。

苏小沫约夏雨辰来到那一溜儿梧桐树下。

你真的喜欢我吗？苏小沫轻轻问夏雨辰。

喜欢，喜欢。夏雨辰有点儿不知所措。

那你，吻我吧。苏小沫羞涩地闭上了眼睛。

我还没考上北大也可以吗？

没关系。我愿意。

夏雨辰望着苏小沫光滑、温润的唇，心里一阵发慌。那是他渴望已久的，他很想很想马上吻下去。夏雨辰顿时心慌心乱起来。

苏小沫为何这样做呢？他知道，按照他的现在成绩，永远也考不上北大。按照他们的约定，他不可能吻到苏小沫的。突然间，夏雨辰明白，苏小沫之所以这样做，是因为不想让他高考后留有遗憾。

苏小沫的唇，犹如一朵鲜嫩的梧桐花，正散发着幽幽的气息。

一朵带着露水的梧桐花，从枝头飘落下来。夏雨辰轻轻接住，仿佛突然想到了什么。他轻轻含住梧桐花的后萼，让花蕊对着苏小沫的嘴唇，轻轻吻了下去。

隔着一层薄薄的花瓣，夏雨辰感觉到苏小沫的唇微凉，恬淡，让他眩晕。

苏小沫始终闭着眼睛。她的心，此刻，软了，醉了，美了。

梧桐树下，少男少女轻轻相吻，一切很美，很美……

## 后来的后来

黑色的七月。

后来，夏雨辰没能考上大学，于是背起行囊去南方打工；苏小沫考取了北方的一所大学，后来成为世界500强公司的一名白领。他们各奔前程。

有人说，初恋最后的结果多半是失恋。苏小沫和夏雨辰最后也没能成为恋人。

一朵纯洁的、梧桐花的吻，停留在了十七岁那年的花季……

# 最后放手的人最疼

## 1

校园安静。树叶飘零。

小疼趴在窗口,双手托起下巴,望着远处的天空。

天,还是那么蓝,那么蓝。

小疼还是那么喜欢着南溪,南溪就像这秋日的天空一样清澈、湛蓝。只不过,她如秋日一样的忧伤,因为她感觉到南溪正离她越来越远。

"南溪,送我回家。"放学后,只要小疼对南溪这样说,南溪就会毫不犹豫地说:"得令,带着俺们家的小疼回家。"小疼会在同学们注视的目光里,轻盈地坐上南溪的单车。

一路上,南溪吹着口哨,右手握着车把,左手不时插在轻风吹乱的发梢里。小疼会和着南溪的口哨,轻轻哼唱。小疼感觉这日子真美。

小疼喜欢南溪不是一天两天了,这是路人皆知的事。

"南溪,送我回家。"

"我有点儿事要做,你先骑着我的单车回去。"

"我骑了你的单车,你怎么回去?"

"你别管我了,我自有办法。"

不知什么开始,南溪开始敷衍小疼,放学后总是磨磨蹭蹭。小疼渐渐明白,南溪有了他喜欢的女孩。

## 2

南溪喜欢的女孩是班花苏紫紫。

苏紫紫家住城东,南溪每天放学后不走,就是等苏紫紫,并骑单车送她回家。

苏紫紫坐在南溪的单车上,很大方地揽住南溪的腰,把脸贴在他的腰上。

"好你个苏紫紫,敢抢我的青梅竹马,哼!"小疼暗暗骂道。

苏紫紫有什么好呢?

你还别说,苏紫紫除了学习不好,样样都讨人喜欢。班上很多同学在追苏紫紫,但苏紫紫只喜欢南溪。

"南溪,下课后你帮我擦黑板。"

"得令!"

"南溪,放学后你帮我搞卫生。"

"得令!"

"南溪,你到超市帮我买几包卫生用品回来。"

"卫生用品?"南溪面有难色。

"你去不去?"

"得令!"

面对苏紫紫的调遣,南溪表现得逆来顺受,苏紫紫让他干什么,他就乐颠颠地干什么。

## 3

　　学校要举行羽毛球大赛。

　　南溪羽毛球打得不错,但他总败给一个叫博宇的高手。这是南溪的一个心病。

　　放学后,南溪常去操场上苦练。刚开始,南溪就把他陪练的那些狐朋狗友打爆了。

　　"南溪,我来陪你练吧。"好久没和南溪打球了,小疼出现在球场上。

　　以前,南溪都是邀请小疼和他打球的,自从出现了苏紫紫,南溪再也没找小疼打过球。

　　"你的球技在女孩子中间还不错,但在男孩子中间,不行。"南溪嬉皮笑脸。

　　"我就不信打不过你。"小疼抢过一个球拍,摆开了架势。

　　"可别说我欺负你啊。"南溪无奈地摇摇头。

　　几个回合下来,小疼被南溪打得毫无还手之力。

　　"哎呀!"小疼突然大叫一声,扔了球拍蹲在地上。

　　原来,南溪的一记大力扣杀,羽毛球正打在小疼的额头上。

　　"小丫头,我告诉你不要来,你偏要来,伤了吧?赶快去医院看看。"南溪俯下身来,看着小疼的额头说。

　　"我才不要你管呢。"小疼站起来哭着跑开了。

　　她的额头很痛,但是南溪满是责怪的口气里没有半点同情让她更痛。

　　以前那个敦厚的南溪呢?以前那个温柔的南溪呢?以前那个在乎她胜过自己的南溪呢?

4

晚上，小疼钻在被窝儿里，怎么也睡不着。

她想起了和南溪认识时，那"狗血"的剧情。

上初中那一年，小疼从乡下来到父母工作的城市。

第一天放学，天色有点儿黑了。她骑单车从学校回家，走了几里路，感觉有一个人不紧不慢跟着她。回头一看，见一个男孩骑着单车跟着她。

她有点儿怕，那个男孩子跟着我干吗呢？她越骑越快，不小心还摔了一跤，顾不上膝盖和手的疼痛，她扶起单车继续飞奔。很快到了自己居住的楼下，她发现那个男孩子也紧跟着到了楼下。男孩子锁了单车，竟跟在她身后。

"你想干吗？"小疼从书包掏出个小剪刀，突然转过身来对着那个男孩子。

"我，我没想干吗……"那个男孩子被吓了一跳，下意识举起手来。

"那你一路跟着我干吗？"小疼瞪大眼睛，毫不放松。

"我，我不是坏人，我就住在这栋楼啊。"那个男孩子说。

"误会误会，我还以为是色狼尾随呢！"小疼哈哈大笑。

"哪有这么帅的色狼啊。"男孩子挠挠头笑了。

"我叫小疼，住307。"

"我叫南溪，住308。"

原来是邻居。

每当小疼想起这"狗血"的相识，就会大笑不止。

第二天早上，小疼一瘸一拐下楼。

"昨天你摔的那一跤，我负责。上来吧，我载你去学校。"南溪骑着单车在楼下说。

小疼坐在南溪的单车后面，身子却离得南溪很远。但是她能听出南溪的心跳。

从那以后，每天上学、放学，南溪都会载着小疼去学校、回家。有时候也会载着小疼到处乱跑。

小疼是喜欢南溪的。南溪也喜欢小疼。

小疼相信，他们会一直互相喜欢下去的。

谁料到，半路上杀出个苏紫紫。

## 5

更让小疼心痛的是，南溪和她打球，凶狠无比；南溪和苏紫紫打球，却温柔无比。

一天，她目睹了南溪和苏紫紫打球。

"大帅哥，我来陪练好不好？"操场上，苏紫紫对南溪说。

"好好好！"南溪点头像鸡啄米。

"但是我要定个规矩，我们今天打球不用网，划条线就行。"

"不用网，那怎么打？"

"很好打，我要你每次把球发到我的网拍上才算厉害。"

"啊？"南溪呆了。

"啊什么啊，打球！"

果然，苏紫紫亭亭玉立地站在那里，南溪每次把羽毛球发到苏紫紫的球拍上，而苏紫紫却把南溪发过来的羽毛球，不是打偏，就是打飞。南溪就像个扑火队员，一次次拼命救起羽毛球，并把羽毛球再次准确地发到苏紫紫的球拍上，苏紫紫还是把羽毛球打偏、打飞。

半个小时下来，苏紫紫额头上没有一滴汗，而南溪则大汗淋漓了。

站在旁边的小疼心疼南溪，她对苏紫紫说："你到底会不会打球啊？你看把南溪累得呼哧呼哧的像条狗！"

"和我这种不会打球的人在一起打，才会锻炼体力、速度以及反应能力呢。满校园能找到我这样一个不会打球的高手，是他的幸运呢。"苏紫紫没心没肺地说。

"等着拿冠军吧。"小疼把羽毛球拍放在肩上，吹着口哨走了。

"拿了冠军我请你吃饭。"南溪对着小疼走远了的身影大声说。

## 6

在学校的羽毛球大赛上，南溪终于战胜博宇，摘得冠军。

南溪邀请苏紫紫去大吃了一餐，代价是把这次冠军的奖金，以及南溪父母给他的一个月的早餐费都吃掉了。

南溪没有早餐费，决定一个月不吃早餐。

没想到，他的书桌洞里，每天早上总有热腾腾的早餐：一个鸡蛋，四个包子，一盒牛奶。

他知道是苏紫紫送给他的。每次吃得毫不客气。

"好吃吗？"有一天，小疼问南溪。

"嗯，苏紫紫真仗义，知道我的早餐费没有了，每天还给我准备早餐。"

"是吗？苏紫紫真是好人！"小疼淡淡地说完，扭头就走了。

"傻瓜。"小疼边走边流着眼泪。

"傻瓜。"小疼不知道是在骂南溪还是在骂自己。

除了自己，谁也不知道南溪每天早上的早餐，是用她的零花钱买的。

放学后，小疼趴在窗口望着天空。

天，还是那么蓝，那么蓝。

小疼还是那么喜欢着南溪。而南溪就像秋天的天空，清澈、湛蓝，还在那儿，只不过小疼感觉到南溪正离她越来越远。

因为南溪离苏紫紫越来越近，就离小疼越来越远。

## 7

一个周末，南溪突然找到小疼。

"小疼，对不起了。"南溪低着头说。

"为什么说对不起呢？"

"每天的早餐我还以为是苏紫紫给我准备的。"

"就为这事吗？"

"是……不是。"

"干吗吞吞吐吐的。"

"我，我喜欢她。"

"我知道。"

"你知道？"

"我知道。"

"我应该早和你说的。对不起了。"

"没有什么对不起的。你喜欢她，那你就喜欢她好了。"小疼望着远处。

"小疼，我还是会像哥哥一样爱你的。"南溪微微抬起头。

"我知道，你一直都是大哥哥一样爱我的。"

"你会原谅我吗？"

"不知道。"

……

## 8

南溪和苏紫紫同时考上了一所大学。

小疼考上了省外的一所大学。

他们相隔千里。

在新的学校,有很多优秀的男孩子喜欢小疼,但她的心里始终放不下南溪。

一个周末的下午,小疼决定去南溪的学校,看看南溪过得怎么样。

小疼在南溪的学校门口徘徊良久,正想着如何找南溪,突然看苏紫紫亲密地挽着南溪走出校园。

小疼赶忙躲到一个角落,眼泪不争气地一下子就出来了。其实,她是不想看到这样的场景的,但是这不都是自找的吗?

小疼明白,南溪对她说"对不起"的时候,就已经放手了。只是她痴痴傻傻不愿相信。

小疼泪眼蒙眬。

小疼的心真的好疼,好疼。

她想起了和南溪在一起玩过的一个游戏:一根橡皮筋,他们两个人一人一头,把橡皮筋拉得长长的。小疼总是害怕橡皮筋会断,总是先放手,所以,受伤的总是南溪。而今,南溪却主动放手了。

是的,最后放手的那个人,最疼……

## 拈花不惹草

他喜欢她,她是知道的。

她更喜欢他,然而她却不敢有太多的奢望,因为他太优秀,无论长相,还是学识,在同学之间都是出类拔萃的。而她各方面平平,像一株小草。

毕业后,他因有好的发展,去了南方的大城市,而她则留在了家乡的小镇工作。

刚开始的时候,陌生的城市让他感觉到孤单,工作上的不顺心让他感觉到异乡的凉寒,于是他常常想起她对他的好,对他的关心和温暖。

他对她的思念,常常像草一样在心底疯长。

他每天一个电话,一开口就像打开的话匣,总也说不完。

她在那边只是听,只是笑,从不插话。

他时常想,成功了,就去向她求婚。于是,他埋下头去,拼命工作。就这样,几年后,他小有成就,在南方打下自己的一片天。

但是,他遇到了一个美丽的女孩。女孩是城里人,一个富人的女儿,在他的事业上,给了他至关重要的帮助和支持。

女孩喜欢他,疯狂地爱上了他。他感激她,从心里也喜欢她。

哪个男孩不喜欢美丽的女孩呢？

他很矛盾，也很纠结，因为两个女孩，都是他想要的，舍弃哪一个，都感觉是无法弥补的遗憾。他无法抉择。

身边的美丽，有时胜过远处的温暖。朝夕相处的美丽女孩，和他走得更近了。渐渐地，他对她的思念淡下来。

偶尔打个电话给她，总也找不到当初的"滔滔口水"。

她在那边，也感受到他的变化。虽然很喜欢他，可从来没有把握拥有他。

当他认真地爱女孩时，便发现女孩有很多缺点：女孩很任性，不能像她一样体贴；女孩刁蛮，不像她一样大度，这让他心生烦恼。

他经常拿女孩和她比较：女孩，像花儿一样鲜艳、美丽、好看而又娇贵，任性。她，像草一样普通、朴实、平凡，可温暖而善解人意。他常想：如果两个人合二为一就好了。

最终，他还是和女孩结婚了。婚后，他和女孩过得也很幸福。

好久不打电话，他想给她打个电话的时候，电话握在手里，却按不下号码。渐渐地，他不再给她打电话。

偶尔，在不愉快、孤独的时候会想起她，可往往像电影里一闪而过的镜头，她的印象，已悄然飘远。

人生总会有机会相遇。偶然的机会，他又遇到了她。原来她也到了他所在的城市，做了一名普通的白领。

见到她时，他非常尴尬，不知如何说起自己已经结婚的事。还是她善解人意，他想说的话她轻描淡写地带过，只有深深的祝福。

他感受得到她心底的忧伤。

他的心里一阵生疼：她为什么总是对我那么好呢？我也喜欢她，可结果却不是她……

在一个城市，见面的机会多了。很快，他和她熟稔得像老朋友那样。

他想起了以前她对自己的好，于是上下班接送她，想补偿她的同时，也有了进一步的想法。

只是他和她的关系，她拿捏得很到位，不进一步，也不退一步，始终让他感觉到有一个很美的，但是也难以跨越的距离。

越是这样，他越感觉到她像一块巨大的磁石，深深吸引着他。

一天，她约他去郊外踏春。他很意外，于是推掉公司所有的工作，和她一同前往。

郊外遍地的花儿开得很鲜艳，让人如痴如醉。

她告诉他，她要回小镇去教书了，不再回来。

他惊愕，心里顿时空了一般。

他问她为什么，她说，我来这个城市，就是想看看你过得好不好，既然你过得很好，我还有什么放心不下的？

他一下把她搂在怀里，对她说，你不要走，我们在一起既然都很快乐，为什么要离开呢？

她潸然泪下，最后轻轻推开他。

她从山坡上采了一朵非常鲜艳的花儿给他，又指指漫山遍野的草说，既然你已经很幸运地拥有了一朵美丽的花儿，又何必再去羡慕那些平凡的草儿呢？把握你手里的幸福，攥紧你手里的幸福，你唯一要做的，就是给草儿一些祝福吧……

她走了。回到了小镇去教书。

她的话，给他很大震撼。

从此，在他的旅途上，无论遇到怎样的诱惑，他始终谨记：拈花，不惹草……

## 等他起飞

20岁那年,他经别人介绍,与她相识。

那时,年轻气盛的他有点儿看不上她,觉得她不是很漂亮,也不是自己喜欢的类型。但相处久了,觉得她温柔、贤淑,也没有什么不好。

婚后,他们有了一个女儿。那时,女儿小,她在家带女儿。他在一家公司工作,工资也不高,日子有点儿清苦。

一天,她对他说:"我出去找份工作吧,也来补贴一下家用。"他点头同意。于是,他们把孩子给父母带,她找了一份离家近的工作。

他,比较浮躁,总想赚大钱。不久便辞了职跟朋友做生意。由于没有经验,看什么好做做什么,折腾了几年,最后又回到了起点。看到和他一起折腾的人大多数都很成功,而自己什么都没做成,他很失落。

他觉得自己成不了什么大事,于是就找了一份工作。但对工作也不是很上心,公司有升职的机会也不愿争取,得过且过。他每天回到家里,不是逗女儿玩,就是看书。

她很勤奋,几年后,慢慢从一名文员升到办公室主任的位置上。

有一次，他和领导吵了一架，一气之下辞职了。回到家里，她也不问为什么，还是和以前一样给他打洗脚水，给他做好吃的。

这样，他一待就在家里待了几年。他父母实在看不下去了，过来骂他不争气。她悄悄对他父母说："他只是最近遇到一些困难，让他休息一下就好了。"

"他既不是钻石王老五，又不是潜力股，你自己又有本事，何苦守着他呢？离了算了。"她身边的朋友看不下去，跑来说。

"男人都会遇到挫折，他们调整一下就会飞起来。"她笑着说。

有一次，他沉不住气了，竟对她说："你都不问我什么时候找工作？"

她对他笑笑说："你想工作了就会工作，催有什么用呢？"

"那我明天就去上班。"他说。

她说："你喜欢就好。"

是的，她知道，他是有些才华的，他喜欢文学。这几年虽然没有工作，但是也没闲着，他在家努力写作，写了一系列小说，稿费也赚了不少，还加入了市作协。

第二天他去了一家杂志社做了编辑。

转眼间，他三十岁了，但他还是没飞起来，还是事业平平。

有一天，她对他说："把你的作品集合起来出几本书吧。"他愣了一下，这句话说到他心坎上了。出书，这是他的一个梦想。

书很畅销，他也有了一些名气，并结识了很多文化界的朋友。每天回家，他脸上都阳光灿烂的。

他35岁生日那天，她对他说："咱们买一辆车吧。"

"为什么要买车？咱又不做生意。"他既惊讶又惊喜。

"男人嘛，有辆车不仅有面子，也显得有底子。"她笑笑说。

是的，他身边的朋友都买了车了，自己还骑着个破单车上班，虽然嘴上说自己不在意，可心里一直想买辆车。

于是，他们买了一辆小车。有车相伴的日子里，让他马力十足，做事更有劲了。

在男人 38 岁那年，她对他说："你现在人脉广了，有没有想到开一家与文化有关的公司？这是你的强项。"

"我正想这事呢，只是没这个胆量。"她的话又说到他的心窝上了，让他一阵温暖。

她拿出存有他们所有积蓄的存折，放到他手里。

"难道你不怕我都赔进去？"他犹豫着，不敢接。

"放心去做吧，该是你展翅翱翔的时刻了。"

他紧紧拥着她，顿时泪水汹涌。

他的公司很成功。他们换了车，换了房，小日子美美的。

在他四十岁生日那天，他送了一颗大钻石给她。她笑纳了。

"你嫁给我的时候，你会想到我能有今天吗？"吻她的时候，他在她耳边轻轻问。

"的确没想到，但为了这一天，我花了整整 20 年等你起飞！"

……

在漫长的婚姻岁月里，在流逝的青春年华里，谁是那个为你解忧、为你守候、为你隐忍、等你起飞的人呢？

## 爱她，就写上她的名字

他和她相识时，他是一名穷学生。

那个时候，他们一起上学，放学，彼此也都有好感。可是，上学的路很远，虽然两个人说说笑笑很快乐，但她身体不好，走那么长的一段路，很累，脚也经常磨破。他不忍。于是，省吃俭用，暗暗攒钱。他想买一辆自行车，上学放学载着她，她就不用这么辛苦了。

三个月后，他终于攒够了买一辆自行车的钱，他高兴地拉着她到商场去。付钱时，店员告诉他，要用身份证实名登记。他没带身份证，而她刚好带着。他对她说，就写你的名字吧。她一愣，说，那多不好。他大大咧咧地说没事。他用她的名字购买了那辆自行车。那天，他看到她的脸绯红。以后，他每天用那辆崭新的自行车，载着她上学，放学，潇洒地将一串串清脆悦耳的铃声甩在身后。

毕业了，他们一同到南方大城市寻梦。他和她都找到了一份不错的工作。可公司不提供住宿，于是他们合住出租屋。路远，他们上班挤公交车。不过，他和她都很开心。

有一天，他笑着对她说，我们老是住出租屋，又窄又潮，上班车费又贵，路程又远，不划算，不如买一套房子吧，这样也逼着我们奋斗！她点点头说行。

　　他手上没有多少钱，就跑到亲戚朋友那里借钱。他的一个亲戚很有钱，对他也很好。但亲戚借钱有一个条件：就是新房要写他的名字，不能写女方的。他说，房产证上写谁的不都是一样？亲戚苦口婆心地说了一些写上自己名字的好处，使他有所心动。去买房签合同的时候，售楼小姐问，房产证上写谁的名字？他把手放在有身份证的口袋摸来摸去。他想，要不就写两个人的名字，以后有个什么事，谁都不吃亏。他还没有把身份证拿出来，她却对售楼小姐说，我今天没带身份证，写他的吧。他愣了，他知道她每天都会带身份证的啊，怎么今天没带呢。他瞬间明白了她的用意，他顿时为自己刚才的想法而自责。

　　售楼小姐问他要身份证，他忙说，不好意思，我也忘了带。售楼小姐一脸不高兴地对他们说，怎么搞的，这么重要的事情你们都不在乎？她向售楼小姐不断地道歉，说，是我们不好，下次我们带身份证来再办。她拉着他就走。他再也忍不住了，一把从她的肩上拉下她的包，从里面拿出她的身份证递给售楼小姐。她愣住了，售楼小姐更惊讶地张大了嘴巴。签合同的时候，他傻呵呵地看着她在合同上写上她的名字。售楼小姐笑着对她说，这种男人可是不多了。她的眼眶湿润了。

　　他们有了一点儿积蓄了。他对她说，我们自己开一家公司吧。她同意。他们辞了职。在去办营业执照的时候，办事员要他拿身份证。他把她的身份证递过去。办事员斜着眼睛看着他说，怎么写她的名字？这个公司不是你的吗？他一本正经地说，你别看她做董事长，官大，但她是法人，责任大着呢。我这个总经理，就是跑跑腿的，出了事不担责任。办事员笑着说，老兄，可真有你的。她就站在一旁偷偷笑，笑着笑着就哭了。她知道，这个男人不仅把房子、公司都送给她，也把心送给了她。

他们的生意越来越顺,他们的年龄也越来越大。

他对她说,亲爱的,我们结婚吧?

她板着脸说,你看看,你什么都没有,房子、车子、公司都写着我的名字,你是穷光蛋一个,我凭什么嫁给你?

他哭丧着脸,两手一摊说,这个,我还真没想到自己这么穷。你要是不要我,看来是没人敢要我了。他接着说,你要不给我找个差事做做?

她扑哧笑了,说,嗯,还真有个差事,我的大房子里还差一个贴身厨师,我那辆宝马车还差一个跟班司机,那我就考虑考虑你吧,不过,只包吃包住,不开工资的哟……

爱意缱绻,他们的生活里写满了她的名字。不过,也有一次意外,让他写上了自己的名字。

那次,她生了重病,需要做手术。他守护在她身边,医生让他签字,他脱口而出,给她写吧。医生大声喝道:你这个人怎么这样不负责任?这个字必须你来写!他一愣,脸一红,方才醒悟过来,做手术是需要最亲的人签上名字啊。他写自己名字的时候,心发慌,手颤抖的厉害,竟还写错了一个字,医生帮他改了过来。她看着他的窘样,开心地笑了。那一次,是他唯一一次签自己的名字。

那一次,他的名字在她心里刻上了深深的印记,就像他对她那颗沉甸甸的心,很重,很重……

## 花心是病，痴心是毒

或许，在每个男人的心底，都会渴望在自己的人生旅途上，有那么一场不经意的艳遇。

是的，最近心绪不宁，心里很乱，我总想起那一次没有结果的遇见。说白了，就是想重温那一次有始无终的"艳遇"。

熟悉的地方没有景色，更不要说"艳遇"。

一年前，独自一人下了江南。

江南好，江南好风光。到了江南，江南的山，江南的雨，江南的雾……让人流连忘返。

夜晚，住在风景区外的一个农家小院。农家小院建在山坡下，屋前是从山涧流下的清冽冽的小溪水，屋后是小山坡，白天看得见满坡的山花，夜晚闻得到花的清香，简直是"世外桃源"。

偶然，我遇见了独自躺在山坡上、在微风阳光里的阿朵。她长得楚楚动人，骨子里有一种野性的美。她，是这个农家小院主人的女儿。

我和阿朵就这样相遇了。短短的几天，我就有了一种魂不守舍的感觉。这是爱情，还是艳遇？我不知道。可阿朵那摄人魂魄的眼神里，满是对我的喜欢。

我感到，我们之间，应该发生点什么。

幽静的夜晚，一弯清新的月牙，几颗明净的星星，在山坡上触手可及。我和阿朵躺在花香四溢的山坡上，听着虫鸣。我情不自禁，轻轻吻着阿朵，褪去她薄薄的外衣，柔柔地唤着她的名字。一切，美好的一切将要发生……

突然，阿朵的手机响了。在这宁静的山坡上，像一个炸雷，惊走了我预谋的美梦。阿朵看了看手机，并没有接，而是对我说：我爸让我回家。

一通电话，搅黄了我即将发生的"艳遇"，我是多么的懊恼和遗憾！

第二天，我结束了自己的江南游。我和阿朵说：明年的这个时候我还来。阿朵笑了笑说：不要错过花期哦。我郑重地点点头。我走的时候阿朵没有送我，只远远地看着我。我知道，越是远远看着你却不靠近你的女孩，她会用情越深。

那次旅游回来后，我魂不守舍地度过了一个月。之后，由于工作实在太忙，渐渐淡了对阿朵的思念。后来，遇到了茹兰。那时，我并没觉得茹兰有多漂亮，她没有阿朵那种摄人魂魄的美。对她，开始只是有一种好感。但渐渐地，我却发现茹兰是那种磁石般的女人，无论走多久，都会被她吸引过来。最后，竟被她俘获了心，我们确立了关系。我渐渐把阿朵淡忘了。偶尔，只有一个影子，在脑海里闪过。是的，男人怎么就是这么多情？这么健忘？

一年后，准备和茹兰结婚了，我竟有了一种想见见阿朵的冲动。她过得还好吗？她还痴情地等我吗？在结婚前，我更想去完成那次没有完成的愿望。我觉得自己很卑鄙，但内心鼓励着自己再去尝试。

终于，我瞒着茹兰，偷偷去见阿朵。阿朵还是一如从前那么美丽。我上前抱了抱阿朵。阿朵没有推开我，反而更使劲地抱着我。我感觉到一股温暖的泪水，浸湿了我的胸怀。当我欲望的手拂过她的发梢，滑入她的肌肤的时候，她轻轻地推开我。

你错过了花期，也错过了缘分。错过了花期，你明年还可以再来。可错过了的缘分，没有归期。阿朵幽幽地说。

哦，不知不觉，一年过去了。山坡上的花儿已经落了，已是初冬的季节。

你还好吗？我问。

很不好。阿朵淡淡地说。

你快结婚了吧？阿朵突然问我。

呃……我不知该如何回答。我像一个被剥光了衣服的男人，站在大庭广众之下。在心底那自私、卑鄙的影子，无论隐藏得多么深，多巧妙，见光即死。

你怎么知道的？沉默良久，我内心还存着一种豁出去的侥幸。

无意中看到了你的博客，博客里都写着呢。阿朵笑笑说。

祝你们幸福！阿朵还是很大方。我却看到她内心的伤感。

花开得很快，落得也很快……阿朵望着山坡上的落花喃喃地说。

我，落荒而逃。

后来，我在阿朵的博客里看到了一个伤感的故事，结尾写道：

花心的男人，总喜欢花开，却不愿意等到结果。贪心的男人，既恋着花开，又想拥有结果。说爱花的男人，走了来了，来了走了，独不见爱我的那一个……

是的，花心、贪心是男人常见的一种病，痴心、伤心是女人常为自己喝下的一种毒。

## 短信奇缘

无聊之间,我的手机突然响了,我知道那是一条信息。在这个信息泛滥的年代,每天不收上几条陌生的骚扰信息,反而会感觉到冷清、奇怪。

我没理它。但没过多久,信息的声音又响了。我准备删掉信息时,不小心打开了信息:"云哥,今天是你的生日,祝你生日乐!——如花。"

呵呵,果真是一个"大头虾",发错信息了呢!管它呢,我把手机一丢。可又一想,虽然祝福的对象不是我,替人家回个信息,说个"谢谢"也好。说不定,发信息的人知道错了,会及时再发一个信息给那个叫"云哥"的人,我也算是做了一桩好事。于是,我回了几个字:"谢谢你还记得,谢谢哦。"

一会儿,信息铃声又响了,我打开信息:"云哥,真的很激动,很高兴,很开心收到你的信息。我知道你回信息就不会再生我的气了,以前都是我不好,希望你能原谅我!"

这个叫如花的女孩漂不漂亮?她和那个叫"云哥"的人有什么样的过去?我有点儿好奇。

"没什么,事情都过去了。"我不由得回了一条信息。

信息马上又来了："云哥，之前，我曾打过你以前的电话，说号码停机，也有信息留言，始终没有你的回信，原来你早换号码了。"

"你怎么知道？"我此时心情大好，于是回了信息。我想，如花这个女孩，会不会人如其名，貌美如花？说不定我遇上个有缘人呢。

"我妈妈给我的，她说也不一定打得通。所以我就试着发了个信息，没想到果然是你。"

"哦，原来如此。"我边回信息边想：这个如花的女孩是哪里的？我看到手机来电显示她同住一个城市。

"云哥，我听说，你和一个美丽而善良的女孩结婚了，如花真诚地祝福你们。"如花的信息不停地发过来。从信息上看，那个叫如花的女孩，真的把我当成了她的"云哥"了。

"谢谢你的祝福，我们过得很幸福！"我回了信息，感觉编谎言，也如此美妙！我感觉自己就是那个幸福的"云哥"了。

一来二去，我竟和那个叫如花的女孩聊上了。

真是奇了怪了。

有时候，我真想告诉她，你发错信息了，可是写好又删掉了。我觉得和她挺投缘的。因为我的名字后面也有个"云"字，我喜欢如花那样叫我。

有时候，如花信息中提到她以前和那个"云哥"的事，我"哦""嗯"地小心回短信应付着。如花不恼，反而说，以前的事令你伤心，那就不提了。我感到如花的善解人意。

有一天收不到如花的短信，我心里空落落的。有时候我信息里问她忙什么呢，怎么老不回信息？如花回道，手机没电了。

"如花，我好久没见到你了，我想听听你的声音。"有一天，我恶作剧地试探她。

"别，云哥。这几天我感冒了，嗓子痛得说不出话来。等我好一点再听，好吗？"如花急忙回信息过来。

我没想到，如花有这么大的反应。其实，如花一打电话过来，我这个假云哥肯定"穿帮"了。可紧张的不是我，反倒是如花，我感觉不可思议。

我知道迟早有一天会被揭穿，可是我又不想这么快被揭穿。我就在这种忐忑不安而又充满好奇的心情下和如花信息交流着。

又过了几天，我正闲着。手机信息铃声又响了，我急忙打开信息："云哥，我好想好想听听你的声音，我现在打电话给你好吗？"

"完了，完了。我今天将要被揭穿了。"我痛苦地抱住脑袋，在房间里团团转。

"我正在开会，不方便接电话，会议可能很晚才能开完，你等我的电话吧。"我沉思良久，终于找了个借口，急忙把信息发了出去。

"我等你……开完会快点……给我打电话……"一句话，如花发了三次信息。我不解，犹豫着。三个小时过去了，我不知该不该给如花打电话。

突然，手机激烈地响了起来。我一看，是如花打来的。我深深吸了一口气，定了定神，按下接听键，准备真诚地向如花坦白，以求她的谅解。

"您好，我不知道您是谁，但我知道，您一定是个好人。"手机那边是一个女人沙哑的声音。我很奇怪，这是如花的声音吗？我还听见手机那头，有人哭泣声。

"请问，您是？"我不敢确认对方就是如花。

"您好，我不是如花，我是她的妈妈。如花一直在等您给她打电话。可是，她没等到你开完会，就，就去世了……"

"啊，如花去世了？"我迷惑不解。"请问，这是怎么回事？"

电话里，如花的妈妈讲了如花和云哥的故事。原来，如花和云哥是一对恋人，两人感情很深。可在去年，如花检查出自己是喉癌晚期，她不想让云哥为她难过，就骗云哥自己有了喜欢的人，让云哥伤心绝望而去。如花为了不让云哥知道她的情况，所以，也搬到了这个城市。

"为什么如花会给我发信息呢？"我不解地问。

如花的妈妈继续说："如花在云哥离开她以后，很痛苦，病情又加重了。在这期间，如花一直想念她的云哥。可我怕她和云哥见了面会更痛苦，所以我随便写了个号码给她。她打不通或找不到她的云哥，也就算了。没想到那个号码竟是您的，您心甘情愿地当了她的云哥，给她回信息。在她生命的最后日子，给了她安慰，给了她快乐，让她感到了无憾的幸福，我真的不知道该如何感谢您……"

听了如花妈妈的话，我惊呆了！我脑海里浮现着与如花交流的每个细节，瞬间，泪流满面……

# 睡在猪背上的女人

## 1

她属虎。他属猪,刚好也姓"朱"。

所以,在家里,她喜欢称呼他"猪",而他则叫她"猫"。

结婚那天,她觉得床很硬,辗转反侧,不能入睡。

"要不,你趴在我的背上睡?"他说。她扑哧笑了,说:"你真逗,你以为你的背是床啊?"他说:"你试试,不舒服可以下来。"他翻了个身,趴着。她笑着趴上去。他的背,很宽厚,也很柔软,像条毛毯那样舒服。那晚,她躺在上面,睡得很香。早上醒来,见他还在趴着,只是早醒了,正在看书。她不好意思地说:"老公,辛苦你了。"他憨憨地伸伸腰笑着说:"没事,只要你睡得舒服就行。"吃早餐的时候,她看到他流鼻涕了。她知道,他趴了一夜,肯定着凉,感冒了。

这个憨猪!她感动了,眼里闪着泪花。她想:一定要好好爱这个男人。

自从那天晚上睡在他的背上后,她就习惯每晚都这样睡。不这样睡,她就睡不着。可是,她觉得他很辛苦。

"以后，我不睡你的背上了，很辛苦的。"一天晚上，她对他说。

"没事，你很轻，轻得像咱家那只猫。"

"这样吧，我头枕在你的背上，也一样的。"

"也行，你不舒服就上去躺着，反正，我一夜都会趴着睡。"

从次，她有时躺在他身上，有时头枕着他的背，有时双脚搭在他的背上。她问他："你累不累？"他说："不累，我习惯了趴着睡。"

有一天，她迷迷糊糊发现他在下面动来动去。

她问他："不舒服？"

他说："没有，喝多水了，想上趟厕所。"

她心里偷笑：这个笨猪，想去厕所，把我的脚拿开不就行了。他去了一趟厕所，回来后对她说："我晚上再也不喝那么多水了。"以后，他果真晚上再也没去厕所。

## 2

日子真快，一晃，他们结婚快十年了。

他对她的体贴，羡煞旁人。她觉得也很幸福。但是，这十年，她总觉得少了些什么。最近，每个晚上，她总是想到那些当年追求她的男孩，如今都是老总、老板样的人物或是处长级以上的干部了。而他，在那个小公司做了十多年，做遍了公司各个岗位，一直还是个小小的主任。现在人家都不叫他主任，而是叫"老主任"。他做的最有权力的一个主任是"办公室主任"，在国企也许是个稍大一点儿的"官"，可在这个小公司，其实就是打杂的。他竟干得有滋有味，从未想过跳槽。

如果当年在众多的追随者中，随便嫁一个，或许她就是"刘太太""李太太"样的阔太太了，而不是现在有点儿窝囊的"朱太太"了。

她听到他的呼噜有些烦人,于是朝他的屁股踢了一下。她嘟囔着:爱打呼噜的猪!

"哦,猫说梦话,做噩梦了。"她听见他自言自语。之后,他把她的双脚,放在他的背上。一会儿,又打起了呼噜。

这个傻猪!除了疼她,好像没有其他本事。她有些委屈,有些气恼,有些情绪化。于是,朝他又是一脚。

"呵,踢谁呢?这么带劲!这只猫今晚怎么像只小老虎呢?!"他起身,摸摸她的额头。"嗯,有点儿热,这只猫不会生病了吧?最近噩梦这么多。明天带她去医院看看……"他说着,又把她的脚放好,给她盖了盖被子,睡了。

"这个蠢猪!你怎么知道我在想什么啊……"她在心里骂了一句。

## 3

让她更心烦意乱的是,前几天遇到了马冬。马冬是当年追求她最厉害的一个,他的眼睛一眼能看透她的内心。他知道她喜欢什么,不喜欢什么,需要什么,不需要什么,一切做得顺水顺情。她几乎无法拒绝。那时,马冬每天送她一束玫瑰,让她的姐妹羡慕得要死。那时他也喜欢她,但没有马冬的浪漫。每天早上准时送早餐来,中午送罐汤,晚上送个苹果。在她眼里,一个浪漫,一个温暖,都是她想要的,但难以取舍。最后,她还是选择了现在的他,让她的好姐妹大跌眼镜。只有她知道:爱情不可能天天有鲜花,但爱情却离不开一日三餐。

马冬现在是一家公司的副总了。可是不知为什么,到现在还没结婚。她那天下班正准备挤公交车。马冬开着奔驰车,在公交站停了车大声叫她。她犹豫着上了马冬的车。之后,马冬带她在这个城市兜风,又带她去这个城里最美的海上餐厅吃西餐。马冬送她回家的时候，轻轻吻了她一下。她并没有拒绝，甚至觉得这就是自己就想要的那一种感觉。

"我一直都喜欢你，可你从不给我机会。""十年了，你没见老，反而更加妩媚和有风韵了……"马冬比以前更会说了。这些话让她满足和欣喜。和马冬在一起的日子，她发现自己的生活最缺的就是新鲜和刺激。

她和马冬就这样保持着联络。她并没有想到自己要出轨，只是新鲜和刺激，在她心底吹起了层层波澜，激活了她感觉快要衰老的细胞和神经。

4

一天早上，她在办公室忙碌，突然收到了快递公司送来一束大大的玫瑰花。贺卡上写到：下班后到城市花园29楼旋转餐厅99号位。没落款。

她突然想起今天是他们十周年结婚纪念日。但她知道：花，肯定是马冬送的。她的心里一阵高兴和欣喜。而那个笨猪可没那么浪漫，每次结婚周年纪念日，都是请她去他们相识的"老地方"吃个饭完事。其实也不怪他，第一个结婚纪念日他送她花的时候，她就对他说：送花好看，但很浪费，以后就去"老地方"吃饭就行了。那个笨猪就这么实在，听了她的话，每年结婚纪念日都要去"老地方"吃饭。其实，女人嘴上不说喜欢花，可心底喜欢着呢。

办公室的同事都羡慕地说：你老公可真浪漫啊！她笑笑。只有她心里知道是怎么回事。下了班，她自己犹豫着，不知该不该去。她想起那个"猪"，怎么一天都没有消息，或许忘了吧。

她还是被那束鲜花打动了。去见见马冬，说一声谢谢就早点回来。如果他问，就撒个谎。他从来不会怀疑她说过的任何话。

她来到旋转餐厅。靠近窗口的位置坐着一个人。是他，不是马冬。她愣住了。

"那束鲜花，喜欢吗？"他见她过来，赶忙搬开椅子一角，让她坐下。

"哦。"她不知道该如何回答。

"吃惊吧？"他又傻傻地问。

"嗯，很吃惊。今天我们不是去'老地方'？怎么来这里？"她说。

"嘿嘿，给生活来点情趣，也来点鲜花。"他诗意地说。他为自己导演的这场十周年结婚纪念颇为得意。

晚上，她躺在他的背上，温柔地像一只猫。她抚摸着这个每天被她称之为笨猪、傻猪、憨猪、蠢猪、爱打呼噜的猪的男人，泪水止不住流了下来……

她做了个梦：花开的草地上，阳光明媚。一只打着呼噜的猪，睡得很香，嘴角流着幸福的口水。一只优雅、漂亮的猫，懒懒地，舒服地躺在那只猪背上，久久不愿醒来……

## 幸福就是那些俗事儿

1

洗衣服是件麻烦事儿，虽然早就用上洗衣机了，但是他有些衣服是不能放在洗衣机里面翻滚的。翻滚一下，她心疼十下。

他说："以后洗衣服，我也来洗吧？"他撸起袖子，当真似的。

"你一个男人家，让人看到不好。"她用屁股撞了他一下说。

"关上门谁知道？"他嬉笑着。

"感觉就是不好。"她又用屁股撞了他一下，让他走开。

"要不，夏天你洗，冬天我洗。"他蹲下身来，心疼地望着她。

"嗯。"

夏天走了，冬天来了，一年四季的衣服，还是她洗。

只不过，每到冬天，他把她冻得发红的小手，捧在手心里，用嘴呵着热气，轻轻地揉搓着。

他对她说："你洗衣服，我洗你的小手……"

她脸红了，心醉了。

好话说在口，幸福握在手。

## 2

她说:"你睡里面,我睡外面。"

他说:"你睡里面,我睡外面。"

她说:"我肾不好,晚上经常去厕所,我睡里面过来过去让你睡不好。"

他说:"你又不是不知道我爱打呼噜,声音大,吵得猪都睡不着。我睡外边好。"

晚上上床之前,他们总要为谁睡在床里面而推来让去,好像客人一样。

他们家的床,里面靠墙。谁睡外面,谁睡不好觉。因为他们的工作,一个早睡早起,一个晚睡晚起。睡在里面的,总睡得踏实些。

最后,他们达成协议:这个月他睡里面,下个月她睡里面。

外面是寒,里面是暖。

幸福可以共享,痛苦可以分担。

## 3

情人节到了。

她早早嘱咐他说:"别像去年那样乱花钱啊,买了一大束花几天就蔫了,怪让人心疼的。我们还得存钱买房子。"

他说:"知道了。"

下班,他回家来。她看见他右手拿着一束玫瑰回来,只是比去年那束小一点儿。

她说:"你怎么又买这不实用的破东西回来?你找打啊!"

他不回答,只是笑,接着从身后把一大袋青菜拿出来给她。她愣了。

　　他说:"还是用了去年买玫瑰花的那些钱,今年我买了一份你要的'实在',也买了一份我要的'浪漫'。"

　　她扑哧笑了,笑弯了腰,眼里有点点泪花。

　　实在就像菜里的盐,浪漫就像精致的甜点。

## 爱，就这样为她哈一口暖气

刮了一夜的西北风，在清晨停了。大片大片的雪花，还在下。

飞去的麻雀，时而在枝头抖落一团雪，时而用细细的小爪，在洁白的雪地上留下一朵朵花，一朵朵美丽的花。

一天早上，他和她，在雪花飞舞的雪地里，弯着腰，并排清扫着街道。见了熟人，打个招呼，问一句"早啊"，接着继续清扫。谁家的推车陷在雪地里，谁家的摩托车熄火，他和她就放下扫把，帮忙推一把。他和她不停地忙活着，他们穿着环卫黄马甲，在雪地里就像一团跳动的火焰那样温暖。

然而，看着消瘦的她，他的心有点儿疼。

他说，休息一会儿吧。

她说，不累，不累。

他说，也是，停下来会更冷。

他给她系上一颗松掉的扣子，拍打了一下头上的雪花，继续向前清扫着雪。

他又说，你身体不好，慢点干，有我呢。

她说，还行，累不着。

过了一会儿，他说，你唱支歌吧，你唱的歌我爱听。

她说，不年轻了，还唱啥呢？她的脸像少女一样红。

他不依不饶地说，唱一个吧，唱一个吧。

她轻轻哼起了一支老歌，一支很老的歌。

他狡黠地笑了，不时赞叹着，并假装听得入迷。但扫把加快了节奏。

她刚开始哼得很认真，很投入。可是她发现自己面前的雪，都被他扫了。她才扫了一下，他就扫了三下。

她板着脸对他说，你不要把我前面的雪都扫完了啊，那是我的。

他嘿嘿笑着说，哪有你的我的，这么宽广的街道任你扫。

他无视她的嗔怒，继续扫她前面的雪。

是的，他让她唱歌，就是让她不要扫得那么专注，让她稍微歇会儿。

她不高兴了，噘着嘴说，不准你扫我前面的雪。

好像眼前的雪不是雪，而是她心爱的甜蜜的白糖，他就是一个爱偷吃的小孩儿。他说好好好，但是扫把还是伸到她前面，只是很巧妙。

细心的她还是看出了端倪，她赌气从另一头往这边扫。

他不出声，但他扫得更加快了。

不一会儿，他们汇合在一起了。

一条干净的街道，一条干干净净的街道……

她直起身，轻轻捶了一下自己酸痛的腰说，真快。

他也乐呵呵地看着她，满是爱恋地说，真快。

当她回头时，发现自己所扫的雪，只有十多米。而抬头看看他的身后，却是几十米。

她的眼睛湿润了。嘴上却说，老头子，你真不仗义，又欺负我。

他直起腰来，感觉也很累了。他挂着扫把望着她，脸上写满了笑意。

突然，他发现她没有戴手套，他慌忙把她的手捧在手心，轻轻揉搓着，接着吹一口暖气，轻轻揉搓着，再轻轻吹一口暖气……

此时，雪还在洋洋洒洒地下。

第二辑

父亲把我种在城里

## 城里的儿孙，乡下的父亲

十年前，他从北方的乡下到南方的城里打工。十年后，他在城里娶妻生子，安家落户。这样，他在南方有个新家，北方有个老家。因为工作的原因，他不能经常回老家。他想让父亲来这里居住，以他的生活条件，可以养活父亲了。父亲说，他还有自己的父亲，他也要照顾自己的父亲。每年只有初冬时节，忙碌了一春一夏一秋的父亲，才稍稍得闲地放下手中农活儿，用短暂的时间来城里看看他和他的儿子。在父亲眼里：他和他的儿子都是他的"庄稼"。如果说田里的庄稼是他的粮仓，那城里的"庄稼"则是他的希望。

没事我不常去你那里，没事你也别回老家。咱不把钱都给火车加了油，抽空打个电话就行。这是父亲经常在电话里和他说的话。可父亲说话不算数，现在又来了，今年这是他第三次来。

父亲说，电话里看不到孙子的模样，他想孙子了。白天想，晚上想，做梦想，想念不如见面，所以，想着想着就来了。

1

吃饭，他在饭桌摆上馒头。

记得小时候，父亲对他说，能天天吃上白白软软的馒头就幸福了。在他家乡，餐餐都是啃煎饼、吃面条，喝小米粥，很少吃馒头。父亲说煎饼发硬发酸，他牙口不好，所以不能多吃。吃面条一会儿就饿了，干活儿没力气。所以，每当吃上柔软的馒头，父亲就很知足，干活儿有使不完的劲。这几年家乡生活条件好了，吃馒头已不稀奇。每次打电话回去嘱咐父亲吃好点，父亲说餐餐有肉，顿顿吃馒头。

他也很喜欢吃馒头，在城里这些年，他的桌上总离不开馒头。他觉得馒头味香，有嚼头。南方的邻居一见他吃馒头就说，今天又吃零食，不吃饭了？他呵呵一笑说，吃馒头香，米饭没味道。他始终不明白，南方人为什么管吃米饭叫吃饭，吃馒头叫"吃零食"，难道吃馒头不叫吃饭？

饭桌上像小山似的馒头，父亲吃得很慢。有时候一个都吃不下。他开始以为那是南方人的馒头，甜，不符合父亲的口味。后来，他跑到很远的地方找到正宗的北方馒头。父亲还是吃不下。于是，他问父亲，不是咱家的口味，不习惯？父亲说，不是，刚来，没胃口。有一天晚上，米饭做多了，他准备倒掉。父亲看见了说，别浪费。说着，拿过去，大口大口吃起来。原来父亲早已不喜欢吃馒头了，改吃大米啦。他心里想，但没出声。以后每顿饭，他不再去买馒头，而是做一锅白白软软的大米饭。

一天，他看见父亲和儿子在开心地玩，父亲玩得高兴时，咧开大嘴笑了。他蓦然发现：父亲的牙齿竟掉了一大半。他终于顿悟父亲不喜欢吃馒头而喜欢吃大米饭的原因了。

2

以后每顿饭，他都精心准备。父亲对他的厨艺赞不绝口。他和父亲说在这里什么都不要做，好好休息。他知道，父亲在家里种了四口人的地，还开荒山来种。有时候还帮邻居忙农活儿，干建筑，一年到头都不得闲。来这里，就是要休息好。父亲哪里闲得住，他上班的时候，父亲把家里的厨厕、客厅打扫得干干净净。他对父亲说，别做那些活，你儿媳回来会做的。父亲说，俺闲得慌，不干活儿浑身难受。他握住父亲那长满厚茧的大手，发现手上曾经结痂的伤，被水浸泡后，裸露着鲜活的模样。他心里一阵叹息：父亲的勤劳，竟抵不过闲暇时光。他不再拦住父亲做这做那，一任他做什么都好，那样他就不会寂寞。

父亲每次来都睡那间小卧室。这次来，他让老婆把那张硬硬的旧床扔了，换一张柔软的床给父亲。他想，辛劳了快一年的父亲，应该好好休息。父亲睡这个床，肯定舒服。有时他问父亲，新床睡得舒服么？父亲笑笑说，舒服，舒服。

一天晚上，他听见父亲的房间有动静，他悄悄起来，轻轻推开父亲的房门，他看见父亲在床上辗转反侧，难以入睡。他终于明白：自从父亲睡新床以后，经常大白天的在沙发上睡着了。父亲在劳作的时候，身板是多么的坚硬和刚强，一旦停下来，父亲的身板骨节般散落，竟承受不了那张软软的床。他的心，好疼。

他在日记里写道：城里的汽笛，不是田里的蛙鸣；城里的霓虹灯，不是乡间树梢上的月光；水泥钢筋的城市，不适宜父亲的呼吸和生长；父亲，也是田里的一棵庄稼……

他知道，父亲要回去了。第二天，他订了张回家的硬座票。

3

父亲每来一趟都不容易，要转几趟车才能到火车站。在中途站上车，无论什么时候都难买到有座位的票。从老家来南方，几千里地，经常一站就是 20 多个小时。父亲回老家的时候，就好多了，因为他所在的城市是火车的始发站，只要不是过年，都好买车票。每次给父亲买回程票，是他最纠结的时刻。他想给父亲买卧铺票，父亲坚决不同意。父亲总是在他耳边唠叨一大堆话，说买卧铺票要比硬座多花一倍钱呢，你要知道省出来的这几百元，在咱家是俺给人家当建筑工一个月的工钱；能买几百斤粮食；是卖上千斤大白菜的钱；要给你爷爷花，他三个月都有肉吃⋯⋯

没办法，他每次都按父亲的话买了硬座票。他觉得有劲使不上，心里很难受。他把那张硬座票给父亲。父亲说，娃，你要是过意不去，就把预支买卧铺剩下的钱给俺吧。他大喜过望，这样他心里舒坦多了。

他和老婆、儿子送父亲上火车，父亲很开心。车开动的时候，和他们挥手。儿子也和爷爷挥着手。他突然发现，儿子手里有几百元钱。他以为儿子从家里拿的，气得要打儿子。儿子说，爷爷说他不知道什么玩具好，这钱是他让我买玩具的。他一下什么都明白了，他的眼泪流了下来。

一个家是火车的起点，一个家是火车的驿站。火车票就是城里的儿孙和乡下的父亲来来去去的"再见"，火车就是那根亲情的连线⋯⋯

# 想当年

## 老子篇

儿子小宝很怕老子李大宝,李大宝整天拉着个脸,严肃得像个狱警。

小宝平时和李大宝不敢搭话,一般李大宝说啥,小宝都是怯怯地说:"哦,知道了。"

有一天,李大宝在田里干完活,蹲在地头歇息一下。

小宝待在一边无聊,突然不知哪来的勇气,对老子说:"老子,讲个故事吧。"

李大宝瞪了小宝一眼说:"老子哪有故事?"

小宝说:"就说说你小时候的事,或者是很久以前的事吧。"

李大宝一听,顿时两眼放光:"好啊,那就讲讲老子想当年吧。"

李大宝点燃一锅旱烟袋,狠狠吸了一口,舒坦地清清嗓:想当年呢——

"想当年,你老子我三岁那年,就能帮你爷爷端尿盆,还帮你奶奶生火做饭,干些家务活。"

李大宝扭头问小宝:"你三岁时会干什么?"

小宝想了想，又摇摇头说："不知道。"

李大宝指着小宝的头说了一声："吃呗，你三岁的时候就知道吃！"

小宝不好意思摸摸头说："老子，你记性好，还能记得起三岁的事，我咋不记得三岁时候的事了呢？"

李大宝白了小宝一眼接着说："想当年我八岁，就敢走乱坟岗了。那个时候你爷爷在看山林，你奶奶让我给你爷爷送饭。有一次回家的时候很晚了，你爷爷问我怕不怕一个人走黑路，因为前面要经过一段乱坟岗，大人一般晚上都不敢过的。我毫不犹豫拍拍胸脯和你爷爷说'不怕'，那一次我很勇敢地走过了乱坟岗。以后，村里人都叫我'李大胆'呢。"

小宝无比羡慕地看着李大宝。

李大宝又说："想当年老子十岁，就学会种菜、插秧，还到山上割草、背柴，几乎样样都算能手，在村里的小孩儿中，都说我是最能干的。"

小宝听着入神了。

李大宝又说："想当年老子十五岁，便娶了你娘。那个时候，你娘是十里八村的一枝花，登门求婚的，一串串像蚂蚱。比咱们家有钱的人多的是，可你娘偏偏就看上了我，她说我老实、能干，跟了老子一辈子不会受苦。你看你娘，到现在对老子还服服帖帖的呢。"

"想当年啊，老子的力气大着呢，一顿能吃八个馍；想当年，老子在部队上是开车好手，到复员转业从没有违章记录……"

想当年呢——

小宝听着听着，不知什么时候睡着了。

那天，小宝感觉老子像喝了半瓶二锅头那样高兴。

小宝迷迷糊糊之中，感觉老子李大宝把他背在背上时，突然闪了一个趔趄。

李大宝自言自语说:"老子老了,想当年呐,呀呼嗨……"

## 奶奶篇

满头银发的奶奶,坐在月光满满的院子里乘凉。

她摇着一把边上都磨破了的蒲扇,一脸的慈祥。

小宝钻到奶奶的怀里,央求奶奶讲故事。

奶奶说:"小宝,奶奶不会讲故事,奶奶没文化。"

小宝撒娇:"不行不行,就让奶奶讲。"

奶奶闭上眼睛想了想说:"就讲讲你老子想当年的故事吧。"

小宝一听,欢喜地说:"好啊好啊。"

奶奶说:"你老子小嘎子……"

小宝捂着嘴笑了:"我家老子小名原来叫小嘎子,好得意的名字。"

"别打岔。"奶奶对着月光,眯起眼,讲起了小嘎子想当年的故事——

"想当年,你老子是属猴子的,他可爱上树掏鸟窝,下河摸虾捉鱼了。冬天还常常偷偷去溜冰,掉到河里,把棉鞋棉裤都弄湿了。"

小宝插嘴说:"想不到老子想当年也很调皮捣蛋啊。"

"你老子啊,以前可爱笑了,都是你爷爷那个苦瓜脸害的,整天板着脸训他,小小年纪就一副老相。"

小宝笑了笑说:"原来老子想当年也挺惨啊。"

小宝又问奶奶:"听老子说,想当年他八岁走过乱坟岗,胆真大!"

奶奶说:"是有这么回事,你老子那天从乱坟岗回来,我们都夸他勇敢。可是他上床睡觉时,我发现他的裤子湿了一大片。"

小宝说:"老子为什么湿了裤子,掉河里了?"

奶奶说:"那条路没有河,吓得呗!"

小宝嘿嘿笑了，肩头一耸一耸的。

小宝又问："老子小时候是不是特别能干？"

奶奶说："你老子干活儿是很勤快，没的说。可有一年啊，你老子闹了个大笑话：他和你爷爷在菜田里种大蒜，他插得很快，你爷爷本来想夸你老子手脚利索，但仔细一看，差点儿气死你爷爷了——你老子都把蒜头都朝下插了。"

小宝笑得嘎嘎的。

小宝笑完后说："听说老子十五岁就娶了我娘，挺有能耐的。"

奶奶说："嗯，你老子就是有能耐——脸皮厚呗！那个时候你老子喜欢上你娘，整天放着家里的活不干，一大早都去你姥姥家帮忙。这样去了一年，弄的十里八村的人都知道你老子和你娘定了亲，以后你姥姥家提亲的人少了，你姥姥没辙，就答应把你娘许给你老子了……"

"原来老子也这么早熟啊。"小宝笑翻了天，肚子一挺一挺的。

奶奶指着小宝的脑门儿说："你这孩子，古灵精怪的。"

奶奶喘了口气又说："小宝，你咋知道你老子这么多呢？"

小宝说："都是老子告诉我的。"

奶奶说："哎，你这个老子，净捡着好的说。"

想当年呢……

奶奶说起老子的事，脑子里就像放电影，就像昨天的事一样清晰。

奶奶说起老子的想当年，没有责怪，没有生气，反而像吃了蜜一样，回味无穷。

听完奶奶讲起老子"想当年"的事，小宝心里有了底。

小宝见了老子不再害怕，就是老子再训斥他，再打他的时候，他都在心里偷笑："想当年，你还不是有这么多糗事？"

## 孙子篇

十年弹指一挥间，小宝有了儿子聪聪。

这个时候，小宝不再叫小名"小宝"，改叫大名"李小宝"。

聪聪没事就让李小宝给他讲故事。李小宝就给聪聪讲他想当年的故事。

"想当年呢——"李小宝和他老子一样，讲起了自己想当年：风华正茂，玉树临风……

聪聪胆子比较大，他常常插嘴问李小宝：

"老子，想当年你会打游戏吗？"

"游戏？想当年，我们村还没拉上电呢。"

"老子，想当年你的 QQ 有几级？"

"QQ？想当年，没有电没有电脑哪有 QQ？"

"老子，想当年你的英语很棒吗？"

"英语？想当年，老子只学过 ABCD……"

"老子，想当年你怎么没考上大学？"

"大学嘛，这要问你爷爷，想当年你爷爷没钱供我上大学。"

"老子，想当年你那么优秀怎么没去当官？"

"这个嘛，想当年，我就知道现在的官不是那么好当的。"

……

李小宝有时候被聪聪问急了，他说："你问的是啥子问题？没头没脑的。"之后，一个人悻悻走开了。

以后，在聪聪面前，李小宝再也不提"当年勇"了。

岁月碾过了青春，冲淡了想当年的威风和激情，"想当年"成了一阵风。

是的,谁的"想当年",都曾有阳刚血性,英勇威猛,义胆豪情。谁的"想当年",也有黯然伤心,糗事连连,不堪回首的风景……

# 拼命活着

外婆今年86岁。每次探亲回家看她，总发现她越发地比以前壮实！小脚走路，一溜烟。几年前，她可是让人最放心不下的老人，不仅身体多病，而且在大医院查到她的体内有胆结石，竟有鸡蛋那么大了，犯病的时候疼得死去活来。以前她都以为自己是胃病，害得她不知吃了多少治胃病的药。吃药治疗肯定是不能痊愈的，外婆很想做手术，因为医生说过，手术能彻底根治。她怕家人担心，于是说，我要下不了手术台，不怪你们。可家人各个都不赞成，因为就怕有万一。外婆无奈，只得回家来养病。回来以后，外婆凡是对自己身体不利的东西坚决不吃，凡是自己能干的活都要自己去做。外婆还拒绝了儿女们轮流服侍她的计划。她更怕给儿女们添麻烦，要求自己单独住在一个小房子里。她每晚睡得很早，清晨很早起床，起来就忙碌着做这做那。有一次，我看外婆做饭，菜里没有多少油，就对外婆说，我看着就不好吃，但外婆却连说好吃，好吃。她说，只要感觉到饭香的人才有好福气！之后，她的身体竟奇迹般的一天比一天好，胆结石也很少发作，让人惊讶。我很敬佩外婆这种向上的生活态度。可有一次，外婆悄悄对我说，你知不知道，我最怕死了，怕得要命，所以，我才拼命地想活着，活着多好！我突然感到震撼：人活着，不仅仅是对生活的向往，有时也是对死亡的恐惧或者说是抗拒，所以，人才更有动力使自己活得更好！

凑巧的是，老婆的奶奶也是快九十岁的人了。她不是和外婆那样活得"很向上"，而是老在亲人面前说自己快死了。亲人们每次回去，她总是对亲人说，你们抽空就回来啊，我算过了，我半年后就死了。亲人心里一沉，总把这件事记在心上，只要有空就回去看看她，怕她真的有什么事，连最后一面也见不着了。半年内，亲人们各个都不间断地回去，总见她好好的，哪里像有事的？一番安慰、开导后，又四散各地。走时，她总是拉着这个的手，拉着那个的手说，抽空多回家来啊，我可能活不到年底了。说罢，唉声叹气的。亲人们听了都不是滋味，哪有老人天天盼自己死的？亲人们都不明白她为什么老说自己要死。但是，亲人们只要一有空还是回去看一下她。就这样，一年又一年，她还是活得好好的。有一次，她情不自禁地对我说，为什么你们就不能一块儿回来呢？接着又"呸呸呸"地说，你看我这臭嘴，你们一个一个抽空回来我就很高兴了，为什么还盼着你们一块儿回来呢？

过了很多年我才明白，她说自己要死，只是希望亲人们常回去看看她。她不要求亲人们一起回去，就是为了今天盼盼这个亲人，明天等等那个亲人，盼来盼去，等来等去，就是要盼一个希望，等一个希望，这样就有了活下去的力量。她深深知道，如果哪天亲人们一起回去，就是她真正要去的时候了……

二位老人，活着的方式不一样，可都是拼命让自己活着。虽然每个人都有老去的那一天，但是，只有活着，才能看得到，等得到，享受得到世间最美好的东西。

# 让爱去爱

世上，总有缘深缘浅，总有爱恨无常。原以为和父亲之间，只有浅浅的爱，可没想到十几年后，我终于和父亲，再次相亲相爱。

## 1

"小兔崽子，等会儿看老子怎么收拾你！"

父亲喜欢用"老子"这个词称呼自己，所以，我也一直称呼父亲为"老子"。

小时候每次听到这句话，我绝对不可掉以轻心，因为老子几乎不食言。之后我绝对是跑得一溜烟！

父亲是个军人，是个活泼不足、威严有余的军人。自从复员后，对我一直"关照"有加：在家里，我吃饭要规规矩矩，吃饭不能发出声音，脚不能蹬在桌腿上，要平放在地上；有客人来了，不能上桌与客人同坐。上学了，我写字绝对不能马虎，否则老子劈头盖脸地一顿打。去地里干活儿，不能偷懒不能马虎，否则准会被饿上一天。他说不好好种地，以后连饭也吃不上。如果哪天我做了坏事，比如折断了路边上的小树，踩倒了人家田里的苗，他要知道了，我肯定是被暴揍一顿！他说把你的手脚折断看看疼不疼？

老子不善于表达自己，只会用动作"纠正"你。从小，我就记恨着老子。

我得不到老子的宠爱，所以和老子天生不那么热乎。

读完书，我在南方的城里安了家。老子嫌我和妹妹都在外边成家，没有个人在身边。我在城里安家了很多年，他硬是一次没去。

我每次回去，和老子的交流仅限于"回来啦""我走了"等简短的几句话。看到老子一年一年的腰板不再挺拔，一年一年增添了不少白发，我也挺揪心的。我劝他要好好照顾自己，但他的嘴巴依旧生硬："老子十年八年的还死不了！"一听这话，我就气不打一处来，常常愤然走开。

月明星稀，夜凉如水。从门缝里看到老子一个人在院子里坐着发呆，我的心又好疼。我不知如何劝他，爱他。所以，我经常逃避正面对老子表达爱，但心里却又疼着老子。我想他也一样，爱着我，却又死撑着面子，真是看着很烦，走了又很挂念。

## 2

我终于说服老妈让老子来城里住，是在我儿子五岁的时候。

老子刚来两天就吵着回家，说这里的生活拘束，进门要换鞋，抽烟要去阳台，天天要洗澡，规矩多多。

"你老是咋咋呼呼的干什么？你觉得这里规矩多，你以前的规矩也不少，也不是成天把孩子管得严严的？再说了，你刚来就走，对孩子连点热乎劲都没有，哪像个当爹当爷爷的？"老妈吼了他几句，真把他震住了，从此再也没有说走。但是，老子很孤独。他不看电视，不逛街，不说话，很多时候抽闷烟，一支接着一支地抽。

一天晚上，我们坐在沙发上。我靠近老子，有意和他亲近亲近，找找当儿子的感觉。老子也和我靠得很近，看样子也有话想和我说。我知道他想说的话，他也知道我想和他说的。可是，我们就那样静静坐着，回忆与现实来回穿插，夜晚静得能听见彼此的心跳，我们之间攒了十几年的话，终究没说出来……

情，不是一朝一夕就可以养成的。是的，这么多年了，我们终究还是生分着。

我想给老子端盆热水，蹲下身子给他洗洗脚，而他慈祥地端坐着，用他那粗糙而温暖的大手，轻轻抚摸着我的头说了声"乖儿子"。我想给老子剪剪那能伤着他的手指甲，仔细地给他剪着，听剪刀在静静的夜里发出清脆的声音。我想和他躺在一张床上睡觉，说着话，拉着呱儿，在他的臂弯里，不知不觉地睡去……可我什么也没有做……

3

当儿子明仁睁着大大的眼睛，问我为什么不爱和他玩了的时候，他发现了我的不快乐。

我对明仁说："没人陪爷爷玩，我又没有时间陪他玩。"

"这个好说，你不在家的时候我陪他玩。"明仁大人样地拍拍自己的胸脯。

明仁的话让我眼前一亮，是啊，何不让他去爱老子呢？我茅塞顿开。

明仁很听话，有事没事就跑过去和老子黏糊，明仁把和我很亲昵的动作也用到了老子的身上，一会儿摸摸老子的胡子，一会儿亲亲老子的嘴，老子从来没有和我这样亲昵过，所以对明仁过于亲昵的动作不习惯，总躲躲闪闪的。可是，经不住明仁的腻歪，最后，他渐渐习惯亲亲孙子的额头，挠孙子的痒痒了。

我上班的时候对老子说："我把你孙子惯坏了，没有规矩，您帮我调教调教吧，该打就打。"老子冲我摆摆手说："打不得，打不得。打儿子没人敢说什么，打孙子人家笑话，隔着代呢！"

哈哈哈，我走出家门，乐得肚子痛。

我知道老子唯一的爱好是打打牌，而且只有在打牌的时候才会放下紧绷着的脸。我经常怂恿明仁去找老子打牌。于是明仁屁颠屁颠地去找老子打牌。老子不想和孙子玩，但又不能不玩。和孙子玩牌后，才发现还有更大的麻烦：他不能赢孙子，赢了孙子，孙子哭，哭得一把鼻涕一把泪的。输也不行，输了孙子说他不当真和他玩，央求爷爷认真点。老子常常很是无奈，但我知道他心里冒着泡似的快乐着。

看着老子被孙子整治得服服帖帖，我心里乐开了花。

4

"开春了，再不回去种地，就赶不上节气了。"老妈对老子下逐客令。

"急什么急，晚几天也不怕，福气还没享够呢。"老子一反常态，大胆地反驳老妈。我知道，老子有点儿不想走了，这段时间他和明仁已经形影不离了。

当老子把对儿子的爱，全部用到了孙子的身上时，犹如山洪暴发。

在老子临回家的前一天晚上，明仁主动要求和爷爷睡在一起。爷儿俩叽里呱啦，聊到很晚才睡。

我半夜起来，蹑手蹑脚到爷儿俩的房间。借着窗外的月光，我看着明仁紧紧搂着老子的脖子，老子紧紧搂着明仁的小屁股。老子那满脸的皱纹，就像一朵盛开的菊花。

终究，老子恋恋不舍地回去了。

为了不让这根爱的连线，在时间里折断，只要有假期，我都会带着儿子回老家和老子团聚。

最美的是在家乡，夕阳西下，倦鸟归家。

当我和老子在田野里劳作完，踩着松软微凉的泥土，沿着田埂回家。老子一把抱起孙子明仁，举过头顶，稳稳地放在他脖子上的时候，我看见了老子内心的柔弱，我看见了老子的满脸笑容，我看见老子从心底荡漾着的快乐。

世上，并不是所有的爱，直接去爱就会有爱，如果你的爱曾经搁浅，曾经隐藏，曾经受伤，无法抵达，无法马上去爱，那么，就尝试找到另一种爱的方式吧：隔着爱，爱得更持久！

# 世上最好的厨师是母亲

母亲不会做菜,什么菜都是放在锅里一煮、一炖,撒点盐,熟了端出来就可以吃了。所以,母亲做的菜不是没什么味道,而是只有一种味道。

可母亲腌的咸菜好吃,是村里出了名的。母亲有几口大小不一的灰瓦缸瓦罐,常年摆放在朝阳的屋檐下。母亲总是把新鲜的白萝卜、菜头、长豆角、黄瓜等洗净,轻轻放进她那几口瓦缸瓦罐里,撒上盐,封上口。之后耐心地等三五天,或者十天半个月,就可以吃了。同样是腌咸菜,可村里人都说母亲腌的咸菜爽脆鲜甜,更好吃。

那年我到城里读书。学校里的菜不好吃,夏天顿顿吃南瓜和豆角,冬天顿顿是土豆和白菜,吃得人直想呕。每周末回家,母亲除了帮我收拾好一大包玉米面煎饼,还准备几个装满了各式咸菜的玻璃瓶。可别小看这几瓶咸菜,它是我一周的菜。其中最好吃的当属咸菜炒鸡蛋。首先,母亲先把大瓦缸里爽脆的咸菜捞出来,洗净切成细条,再去村里张屠夫家称二两肥猪肉,用铁锅炼成油渣,等锅里冒烟的时候把咸菜条倒进铁锅里翻炒,等咸菜差不多焦黄的时候,接着再打两个鸡蛋下去,起锅的时候再放点葱花和香菜,味道香得不得了！要是冬天，你可以看见白色的油挂在玻璃瓶壁上，像现在蛋糕店里的奶油一样香滑，馋人。回到学校，我的一瓶咸菜打开，几下就被同学们抢光了。吃到最后的同学，小心地掰一小块馒头，塞进玻璃瓶里转一转，干净的都不用洗瓶。有时候，有同学和我交换，塞给我一把菜票，把咸菜倒走一半。读书那几年，每到吃饭，我的身边总会围绕着"蹭咸菜"吃的同学。有些没脸没皮的同学，一蹭就是三年。

毕业后外出打工，辛苦而又艰难。刚开始每天工作十六个钟头，忙得没时间吃饭。休息时就到小食店买回一箱方便面，上班的时候吃，宵夜也吃。不久得了胃病，苦不堪言。回到家乡的日子，母亲知道我落下了胃病，于是顿顿给我熬小米粥喝。母亲见小米粥短时间不见效，她又走了几个村子，从一个乡土医生那里找来了一个治胃病的偏方：就是把茄子削皮，放在锅里蒸烂，最后剥几瓣大蒜，捣成蒜泥，和茄子拌在一起吃。因为这个偏方不能放盐，吃一口在嘴里一点味道儿也没有，实在难以下咽。我对母亲说："这是什么偏方，一点儿也不好吃。"母亲说："偏方都是不好吃的，但这个方子很有效，坚持吃几次就好了。"我皱着眉头吃了几天，胃竟渐渐不痛了，神奇得令人难以置信。直到现在，每见到有胃病的人，我都建议他吃这道菜试试。

现在，我在城里工作和生活，只要有空，总会坐上几个小时的火车，回到母亲身边，舒舒服服吃上一顿母亲做的饭菜，感受母亲的慈爱和温暖。

世上最好的爱莫过于母爱，世上最好的厨师是母亲。

## 父亲把我种在城里

20年前，我来广州打工。父亲觉得我第一次出远门，没有社会经验，那时广州也比较乱，他硬要来广州陪我一段日子，等我熟悉和适应了环境就回去。

很快，我在一家工厂找到了工作。厂里不包住，父亲于是在离我公司不远的一个城中村，租了一个单间。房子在一楼，又黑又暗还潮湿。没事的时候，父亲经常出去转悠一下，看看周围的情况，回来告诉我哪些地方比较复杂，少去；哪些地方安全，可以去。我在父亲的指点下渐渐适应了周围的环境。我劝父亲回去，他不肯，说再待一段日子。

有一天下班，父亲在出租屋里已经做了几个小菜等着我。几杯酒下肚，父亲高兴地对我说："我明天要到一个工地做建筑工，一天25元。"我很愕然。良久，我对父亲说："你住几天就走吧，还做那个累活干啥？"父亲说："我也喜欢这里，这里挺好的，你就当我在这里享受一下吧。"其实，父亲还是放心不下我。我没说什么，因为父亲在乡下也是做建筑的，在哪里做都一样。

第二天，父亲就去上班了。父亲每天干干净净去，脏兮兮回来。我问他活儿累不累？他说，这点活儿算什么，不累。没事的时候，我经常去父亲的工地看看父亲是怎样干活儿的。和父亲同龄的王叔，经常指着站在几十层高脚手架上的那个人和我说："瞧，那个就是你的父亲。"我从楼下仰望，父亲高大的身躯，竟然是个活动的小黑点。我心想，父亲还真能，站在那么高的地方都不怕。

就这样，父亲在这里干建筑一干就是大半年。然而，有一次我去工地找父亲，我围着那栋正在建的楼看了一圈都没看到父亲的身影。当我走到工地办公室门口的时候，听到里面传来骂声。我在外面跷着脚往里看，看到父亲戴着安全帽像个做错了事的孩子似的站着，被一个小他一半的年轻工头训斥着。父亲不时递上烟，点头哈腰不停说"是是是，下次我会注意的"。我刚想冲进去问问工头是怎么回事，一只手拉住了我——原来是王叔。王叔拉我到一边告诉我说："你父亲刚刚在楼顶干活儿，因为风大，眼里进了沙子，用手擦眼睛的时候，没有扶住脚手架，差点儿从楼上摔下来。这不，工头知道了就把他叫下来狠狠训了一顿，不让他在这里干了。"王叔还告诉我，父亲不仅有"恐高症"，而且胆子很小。除了这次，还有几次致命的险情：有一次天气突变，风雨交加，电闪雷鸣，你父亲来不及往下撤，就缩在脚手架的一角，抱住头，电闪雷鸣把他吓坏了；还有一次，从楼上面掉下来一根钢筋，差点儿把他的手臂废了……这些事，父亲不知经历过多少次了。

我听了王叔的话，泪水立刻涌了出来。王叔说："孩子，别哭，你父亲看到了分心，你先回去，晚上给他想个法子在地面上干，别爬上爬下的就安全了。"我谢过王叔，回到出租屋。父亲晚上回来说："你去工地也不和我打招呼，兔崽子！"我没提起父亲被训斥的事情，我只是对父亲说："你回去吧，我会照顾好自己的。"父亲考虑良久，说："等你再熟悉熟悉，到时候我会走的。"我说不过他，只好顺着他。只是我和父亲达成了个协议，只要在建筑工地，不能爬高，只能在地面干点活儿，要不就回家。父亲应允了我。

其实，在地面工作也不轻松不安全。广州的秋天，闷热难耐，在高楼上干活儿有时还有风，在地面上没有风。父亲在干活儿的时候，在他古铜色的脊背上直冒汗珠。

父亲在工地干活儿，又不会作假。别人经常找个小理由去休息一下，有时候让他看着现场，父亲就全部应诺下来，有时候地面上的活儿好像都是他在做。父亲没有怨言。有时候我去找他，看不下去了，责问他："你这么死干傻干干什么？能多拿多少奖金？"父亲憨憨笑着说："不就是干活儿嘛，你父亲最拿手的就是干活儿，不干活儿干啥？"我气不打一处来，赌气走了。父亲晚上一瘸一拐地回来，我讥讽他："是干活儿累的吧？这就是干活儿的好处？"他笑笑，没有回答。晚上，父亲喝了点小酒，很快在椅子上斜躺着打起了鼾。我在给父亲脱鞋的时候，发现父亲那双军用鞋，早就磨穿了。他的脚底被一块钢筋扎了一个洞，流出的血和泥水混在了一起。怪不得父亲走路一瘸一拐的，原来是这样。我的泪哗地一下流了出来。我冲出门，在远处放声大哭了一会儿。等心情平静了，到商场给父亲买了两双结实的牛筋底鞋，放在他的床头。

父亲还是一日一日干着建筑，而我却有了无限的压力和动力。是的，我要努力工作，长点出息，长点志气，让父亲不再为我操心，让父亲好早点回家。

之后，我从一名打工仔渐渐走上了管理岗位。不久，在花都买了房，成了家，有了孩子。在这期间，父亲忙的时候回去忙，闲的时候就来这里做建筑。

日子很快，一晃就20年了，父亲也60岁了。这个年龄，对父亲来说不算老，他还比一些年轻小伙儿还能吃苦、能干，只是没有单位再请他去做建筑了，超过60岁，单位怕父亲有个什么闪失，带来麻烦。

父亲清闲了，没事就背着手，沿着广州的马路看看那些高楼大厦。偶然停下来，指着某座大楼自言自语说："真好看，这栋楼我也出过力，流过汗。"父亲的眼神，就像看他心爱的儿子……

是的，我的父亲是个"流浪的建设者"，为这座城市的发展建设贡献了自己的微薄之力。但在我看来，父亲更是我的建设者，他把我种在了钢筋水泥的城市，用他的汗水浇灌着我的自信，让我扎根于广州这片热土，播种下希望，在南方的天空下放飞着他的另一个梦想，拔节着他的另一种壮志！

## 小靓仔和靓老爸

家有小儿,年方四岁。酷爱玩耍,人小鬼大。舌滑嘴甜,讨人喜欢。

某日,小儿从幼儿园回来,一改往日叫我"老爸",而改口叫我"靓老爸"。

我心生欢喜,心比蜜甜。但又想知道如此甜蜜的称谓从何得来。于是就问小儿:为何叫我"靓老爸"?

小儿招手让我过去,示意我蹲下,趴在我耳边,小声地说道:你是"靓老爸",我自然就是"小靓仔"啦。

小儿说完,酷酷地走了。

赞美别人,是为了拔高自己。原来如此!

### 靓得像猪八戒

"靓老爸,帮我把臭袜子拿过来。"

"靓老爸,咱们去公园玩吧。"

"靓老爸,过来亲亲小靓仔。"

……

小靓仔一会儿让我这样，一会儿让我那样。小靓仔没事喜欢折腾我。

你不要老是叫我靓老爸嘛，怪不好意思的。一天，我故意对小靓仔说。

小靓仔站在我面前，小眼睛上下左右看看我说，都这么大年纪了，还怕羞？大胆一点儿，没有什么不好意思的。

啊，这么大年纪？靓爸？什么逻辑？望着小靓仔，我晕！

一天，我下班回家，听见小靓仔在房间和邻居家的小靓女在争论什么似的，声音很大。

我悄悄走过去，从门缝里看。

你没有我靓！邻居家小靓女说。

你没有我靓！小靓仔不甘示弱。

为什么我没有你靓？邻居家小靓女反问。

因为我有个靓爸，名字也叫靓老爸，自然我就是小靓仔了。小靓仔对邻居家的小靓女说。

小靓女想了想说，我没你靓，可是，你靓老爸看起来不怎么靓啊。

哪儿不靓？小靓仔问。

你靓老爸长得，长得有点儿胖！耳朵，也有点儿大！

我问你，你喜欢电视里的猪八戒还是孙悟空？小靓仔挠了挠头，突然问小靓女。

我喜欢猪八戒，猪八戒很可爱，孙悟空爱打架，不好玩。小靓女开心地说。

你看我靓老爸长得像不像猪八戒？

很像很像哎，我好喜欢猪八戒。

那，我爸靓不靓？

靓，靓，靓得像猪八戒。

对对对，靓得就像个猪八戒。

小靓仔和小靓女，开心地哈哈大笑。我在门外，气得要吐血！

## 你的有花，我的冒泡

一日，我和小靓仔去小河边玩。

河边风儿很柔，树叶儿很嫩。河水很清，水里的鱼，在水草里游来游去。

我和小靓仔说，我们比赛打水漂吧。

小靓仔拍着手说好啊好啊。

我从河边拿起一块薄薄的石片，斜着身子，一甩手向水面上扔过去，石片在水面上溅起一朵朵一串串漂亮的水花。

小靓仔拍着手说，水花好美好美！我说，你也来试试，看看能打几朵水花？

小靓仔也学着我的样子，从地上拿起一块石块，朝河里扔过去。只听"咚"的一声，石块落入河底，水下面冒上泡来。

小靓仔眨了眨小眼睛自言自语地说，石块怎么没有飘起来呢？

我哈哈大笑说，你扔的是石块，不是石片，扔的姿势也不对。

小靓仔又捡起一块石块说，我就不信石块不能飞起来。

"咚"的一声，小靓仔扔出去的石块，又沉河底了，河底冒上水泡来。

我又哈哈大笑。我说，不听靓老爸言，小靓仔吃亏在眼前。

小靓仔呆呆地盯着石块落水的河面，突然兴奋地指着河里冒上来的泡泡说，靓老爸你看你看，你的有花，我的冒泡，谁都没赢没输。

啊？这个也算？我哭笑不得。

小靓仔又说，靓老爸等会儿你下去看看，河底有没有死鱼，说不定我的石块会砸死很多鱼呢，晚上我们吃鱼。

我笑得肚子疼，小靓仔也哈哈哈……

## 反义词和近义词

小靓仔最近不太喜欢和我去逛街。

我问小靓仔，小靓仔不说话。

我再问。小靓仔说，人家说我们有点儿像"反义词"，不像父子。

我吃惊地问，我们为什么像"反义词"？

小靓仔说，你胖我瘦，你黑我白，人家说我们俩长得不像。

我爆笑。之后问小靓仔，那我怎么办呢？

你减肥吧，你瘦了，我就和你一起出去逛街，小靓仔对我说。

我说好。

早饭，我拿起第四根油条就吃。

小靓仔说，别吃太多，以后早餐吃两根就够了。

我放下油条，咽了下口水。

午饭，我做香芋扣肉。

小靓仔说，靓老爸，你只能吃香芋，不能吃扣肉。

小靓仔夹了很多青菜给我。我看着香喷喷的扣肉，眼睛有点儿发绿。

晚饭，我吃到第二个馒头，小靓仔不让我吃了。

他说，你要"咯吱"一下。小靓仔把"克制"说成"咯吱"。我闷闷不乐。

过了一段时间，小靓仔从床底下拉出电子秤，让我上去称，效果不明显。

小靓仔紧锁眉头。

我突然心生一计，对小靓仔说，看来靓老爸是瘦不下去了，喝凉水都胖啊，但你可以增肥呀？你胖了，那时候我们就没有那么大的差别了。

对啊，我怎么没想到。小靓仔一拍脑瓜，摸摸自己胸前的肋排说，靓老爸，以后我吃多，你吃少。我说，没问题。

早餐，小靓仔原来只喝牛奶，不吃面包。现在我煎个鸡蛋夹在面包里，吃得小靓仔只打嗝儿，馋得我直咽口水。

小靓仔从来不喜欢睡午觉的。我对小靓仔说睡午觉可以增肥的。

小靓仔说，那就睡午觉吧。小靓仔上床不久就呼呼大睡了，渐渐养成了午睡的习惯。

我窃喜。

过了一段时间，小靓仔再从床底下拉出电子秤。小靓仔增了几斤，我瘦了几斤。

小靓仔手舞足蹈地说，靓老爸靓老爸，我们很快就不是"反义词"啦，很快很快就成"近义词"啦……

## 温暖的板栗

　　人到不惑之年、工作上毫无进展的他，干脆辞职自己做起了卖零食的小生意。位置选在小学附近。一月下来，虽然辛苦，竟然是打工的好几倍。他数着钱的时候，想着自己那可爱的儿子，到儿子读大学的时候，可以存一大笔钱了。当时那份惶惑不安逐渐消失，他心渐舒坦。

　　因为是学校附近，一到上学或放学，学生就围满了他的零食屋。平时，还经常有家长来这里挑些精贵一点儿的零食，给自己的孩子带回去。他的生意一直很红火。

　　一天，一位家长模样的男人走进了他的零食店。男人东瞧瞧，西看看。想买东西，又不知买什么东西。

　　"大哥，买点什么？"他上前问道。

　　"哦，来二两炒板栗吧。"男人在零食屋转了一圈，最后才指着门口炒砂锅里那金黄的、飘香的板栗说。

　　"二两？"他翻着眼，用余光扫了一下这个穿着还不错的男人。

　　"对，二两。"男人说。

　　呵，还没见过这么小气的男人，才买二两给孩子吃，谁的家长不给孩子一买就买一斤二斤的？他心里嘀咕着。

他称好二两板栗，丢给男人。男人把一些零钱给他，说："给你些零钱，做生意好找数。"

"嗯，谢谢。好吃再来买啊……"他嘴上很甜，但数都没数就把零钱丢进柜台下的抽屉里。

过了几天，男人又来了，买了半斤。之后男人隔几天来一次，买得越来越多了。他笑得合不拢嘴了。

"你孩子越来越喜欢吃我炒的板栗了？"一天，他问那个男人。

"哦，板栗不是买给孩子吃的。"那个男人说。

"不是买给你孩子的？"他有点儿惊讶。

"板栗是买给我父亲的。"男人笑笑，又继续说："那次父亲不想吃东西，我第一次来你这里买了二两给他试试，他说好吃。所以就渐渐喜欢上吃你的板栗了。"

"板栗是你买给你父亲吃的？"他愣了。他卖了那么多零食，都是家长买给子女吃的，哪有人买零食给老人吃？

"是的，我父亲八十岁了。人说八十老人赛顽童，我父亲像小孩一样喜欢吃零食。"

"大哥，你真是孝子啊！"他说。

"呵呵，没什么，没什么。我们平时有东西吃都是先想着孩子，最后才想起老人，甚至想不起老人来，惭愧啊！父亲吃我一点儿零食，他就很开心了。比起对孩子的好，我们做儿女的做得远远不够啊……"男人说完，又要了五斤板栗。

他赶忙提醒男人，一次不要买那么多，放久了不新鲜的。男人说他要出趟远门，很久才回来，所以这次就多买一点儿。

这个憨厚的男人让他心里感觉到很温暖。

他明白，板栗不仅仅是板栗，它是喷香的亲情和埋在炒砂锅里那份热腾腾的爱……

他特意偷偷多送了男人半斤板栗。

他望着男人远去的背影，突然想起了独住一处的父亲。父亲快七十岁了，虽然身体没事没毛病，但是孤零零一个人住在很大很空的家里，也挺孤独的。

他想从零食屋拿一些他认为父亲喜欢吃的零食，却不知道父亲喜欢吃什么，不喜欢吃什么。他有一种想哭的感觉……

他早早关了门，直奔父亲住的小院。

老远，他看见站在小院门口的父亲，正在张望什么……

# 天堂里没有暴风雪

## 1

2013年3月3日,女儿节。

九岁的女孩夏音收到了一个特殊的蛋糕,那是爸爸冈田为她订的。

夏音哈了一下昨天有点儿冻伤的小手,轻轻点上蜡烛。

温暖的烛光里,她看到爸爸从遥远的天堂走来,一路微笑着……

"爸爸!爸爸!!爸爸!!!"夏音大声叫着。

## 2

日本北海道的这个冬天特别冷,常常都是"鬼天气":一会儿还是阳光灿烂,一会儿就变成了暴风雪。

夏音并没有感觉每天的天气有什么不同。因为每天早上,爸爸冈田都精心为她准备了可口的早餐,今天是她最喜欢吃的肉包子,明天就是诱人的汉堡,每天都不重样。爸爸每天都是早早开着小卡车送她上学,早早去学校接她放学。

只要有爸爸在，无论是什么样的"鬼天气"夏音都不怕，她每天感觉到的都是来自爸爸的温暖，她很幸福。

冈田是名渔夫，从事养殖扇贝和牡蛎的工作，所以经常一大早就出门。由于爱妻两年前得病去世，于是，他把全部的爱都倾注在夏音身上。为了夏音，这个有点儿不上进的"渔夫"，常常推迟捕鱼工作，为了女儿即使放弃生意上宝贵的机会也在所不惜。

夏音啊，可爱的夏音才是他的心肝宝贝！

3

3月2日这天早上，冈田把夏音送到离家五六公里远的学校，然后去渔场工作了。上午还好的天气，下午时分天气突变，暴风雪翻卷着一下就来了。

冈田放下手中的工作，他望着窗外猛烈的暴风雪，忐忑不安。他记得女儿上学的时候，只穿了一件薄薄的羽绒服，这么冷的天会冻坏她的小手小脚的。

冈田想等一会儿暴风雪小了再去接她，可是等了好久，暴风雪却越来越大。他决定不再等了，他穿上夹克，也给夏音拿了一件厚厚的棉衣，开车直奔学校。

学校因暴风雪的缘故，早早停课了。夏音听到爸爸熟悉的声音飞快地跑出来，抱着冈田亲了又亲："爸爸，您又是第一个来接我的。"

"爸爸永远要做第一个。"冈田笑着把女儿抱上车，并给她套上带来的棉衣，把夏音包裹得严严实实的。

在车上，夏音给冈田唱着刚学来的歌，冈田也伴随着夏音的歌声，一路欢笑。可是，前面的道路越来越看不清楚了，好像被大雪淹没了一样，到处都是白茫茫的。

冈田有点儿着急，他凭着感觉向前走。突然，车子不动了。原来，冈田因为急着接夏音，竟忘了给车加油。

雪越下越大，暴风还从远处把雪掀起来，滚到这里。雪渐渐地漫过了车轮，车里的温度骤然下降。

怎么办呢？暴风雪没有停止的迹象，过不了多久，车就会被暴风雪埋住，困在车里迟早会被冻死的。

冈田想到了离这儿不远有一位朋友的家，他和夏音可以去那里避一下。冈田掏出手机，他给朋友打电话，可朋友的手机关机。他想了想，又给自己的亲戚村川胜彦打了一个电话，告诉他车被大雪围困动不了了，准备去他家。

冈田和女儿夏音下了车。然而，暴风雪的威力实在太强劲，吹得冈田和夏音喘不上气来。冈田见风雪太大，就和夏音倒着走。他在前面，夏音在后面。顿时，夏音感觉到爸爸像一堵厚厚的墙，瞬间挡住了猛烈的暴风雪。

冈田和夏音行走缓慢，走了半个多小时，才走了不到一百米。暴风雪没有停止的迹象，温度也越来越低。冈田定定神，惊喜地发现不远处有一个仓库。

"夏音，我们先去仓库躲一下暴风雪吧。"冈田对夏音说。

"好吧，爸爸，我们去躲一躲。"

冈田手脚都快冻僵了，他回头看到女儿甜甜地笑，浑身有了力气。

4

"爸爸，仓库门是锁着的。"夏音惊叫起来。

"真倒霉！"冈田望着冰冷的大铁锁，失望地叹了口气，不由得打了个寒战。

"夏音,我们把门砸开,到里面暖和一下。"过了一会儿,冈田对冷得发抖的夏音说。

"爸爸,不要!这样我们不就成了贼?这样不好的。"夏音说:"我不要当贼,我不要进去,我不冷。"

"那好吧,"冈田看着倔强而坚强的夏音说:"咱们靠着墙,这样可以暖和一点儿。"冈田和夏音在仓库外的一个墙角蹲下,冈田让夏音背靠着仓库的墙,他的身子对着暴风雪吹过来的方向。

周围没有人走动,到处都是大雪飞舞和寒风呼号。这样等下去肯定不行的,要求救才行,越来越冷的寒风让冈田头脑清醒了。

"糟糕!"冈田快要哭出来了。他掏出手机,却发现手机没有电了。

"爸爸,怎么了?"夏音问。

"没什么,没什么。"冈田调整了一下情绪。

冈田看到夏音不停拍打头上的雪花,他把身上的夹克脱下来,放在夏音的头上,搭起一个小小的遮蓬。夏音感觉不那么冷了。

"爸爸,你冷吗?"过了好一会儿,夏音问冈田。

"爸爸,爸爸不冷。爸爸每天用冷水洗澡,还经常冬泳,身体很棒。"冈田说。其实,此时的寒风像刀尖一样刺进了他的皮肤,深入骨髓。

"爸爸,你怎么不动了?"过了一会儿,夏音又问。

"你,你说我不动吗?"冈田使劲伸伸脚,可脚像冻住了一样。冈田感觉手和胳膊还好,他用足力气,双手捶了捶自己的胸膛。

"爸爸,你那个样子,像个可爱的大狗熊,嘻嘻……"

"嗯,爸爸就像大狗熊一样爱你。"

是的,夏音感觉爸爸的身躯,像大狗熊的怀抱一样温暖。

## 5

不知过了多久,夏音被一阵嘈杂的声音吵醒了。她发现自己躺在担架上,盖了一层厚厚的棉被。她看到很多张脸围成一个圈,居高临下望着她,有的还在哭。

"怎么了?暴风雪停了吗?"

"停了,停了,孩子,你得救了。"那些刚才还在哭的脸突然笑了。

"爸爸,我爸爸呢?"夏音一摸身边不见了爸爸。

没有人出声,也没有人回答。

"爸爸,我要爸爸。"夏音从担架上挣扎着滚下来。

她抬头的时候,发现爸爸还在仓库门口,俯卧着身子,跪在雪地里,双手举着,像一尊雕像,保持着遮风挡雪的姿势。

"爸爸……"夏音哭喊着。大人的心都碎了。

"孩子,别难过,你爸爸去了天堂。"

"天堂冷吗?天堂冷吗?"

"孩子,天堂里很暖和,那里没有暴风雪。"

是的,天堂里没有暴风雪……

## 第三辑 你若精彩,蝴蝶自来

## 你若精彩，蝴蝶自来

她出生时就"与众不同"，她的左臂就只有半截儿。她的爸妈对这个不幸的孩子不仅没有嫌弃，而且宠爱有加。她在爸妈的疼爱中渐渐长大。

一天，一个新来的小邻居格林和她一起玩。玩得满头大汗的她把外衣脱掉，露出半截儿光秃秃的左臂。格林指着她的左臂厌恶地说："你的胳膊怎么这么难看呢？真是有点儿恶心。"她一愣，望着自己那光秃秃的左臂，也觉得很难看，她忍不住大哭起来。

自从小格林揭开她的伤疤后，她常常把自己关在房间里，不再和小朋友玩，也不愿意见人。无论父母怎么劝导她，她都觉得自己很丑很丑。

有一天，妈妈对她说："你不是很喜欢油菜花吗？郊外的油菜花开得无比灿烂了。""妈妈带你去玩吧？""真的吗？"她想了想，点了点头。其实，这些日子她也憋坏了，想出去透透气。

妈妈带着她来到郊外，一大片一大片金黄的油菜花，在微风里散发着阵阵清香。她忘记了烦恼，在油菜花地里疯跑。可一不小心，摔倒了，她用一只手支撑着，却怎么也爬不起来。这时，她看到了自己那只丑陋而没有力气的左臂，又伤心地大哭起来："我真没用，我真没用。"

妈妈却没有劝说，而是任由她哭。看她哭累了，妈妈把她抱在怀里，指着远处一株断了茎，却顽强盛开出一朵美丽的油菜花花束对她说："你看，这株油菜花虽然被大风吹断了茎，但它依然顽强生长着，花儿开得多精彩啊。"她抬眼望去，那株匍匐在地上的油菜花开得很美很美。妈妈接着对她说："不要把目光老是盯在自己的伤疤上，伤疤盯多了会疼。勇敢开花吧，开花才是最精彩的！"她点了点头，似乎明白了妈妈的意思。

这时，几只蝴蝶飞来，落在那朵美丽的油菜花上，翩翩起舞。

她终于笑了，拍着手站起来，走到那朵油菜花面前，学着蝴蝶的样子舞蹈起来。她感觉自己就像一只美丽的蝴蝶。

从那以后，她不再害怕别人的眼光，也不在乎别人说什么，她只做勇敢的自己。她喜欢棒球，就去尝试；她喜欢跳舞，就去学习。在舞台上，她勇敢地挺起胸膛，让别人盯着看个够。她说："我就是那朵油菜花，只要开得精彩，蝴蝶总会翩翩来。"

2012年5月，22岁的她从内布拉斯加大学导演和戏剧管理专业毕业，接着又到曼哈顿的古德曼剧院实习，她觉得自己的生活越来越充实，越来越精彩了。

一则"美国小姐"爱荷华州分赛区选美比赛的消息更是让她兴奋无比，爱美的她自然不会错过。

2013年2月，她开始为选美进行了4个月紧锣密鼓的训练。她对自己要求严格甚至苛刻，她的训练从穿高跟鞋走路、回答问题，到发型、服饰、拍照姿势，甚至包括笑容的幅度，都没有一丝一毫地放松。她觉得没有磨炼就没有精彩，没有精彩，那美丽的蝴蝶就不会翩翩飞来。

在三天紧张的比赛中，她的乐观与机智让评委刮目相看。在才艺表演的时候，她以高亢的嗓音唱出音乐剧《女巫前传》的经典曲

目《反抗引力》,在场所有的人仿佛都听到了她的心声:

> 我要反抗引力腾飞,谁也不能阻止我。我不要再认命,就因为别人都说本应如此。也许有些事我改变不了,但若不去试,我怎么能确定人生会不会精彩……

6月8日,她如愿以偿摘得"美国小姐"爱荷华州分赛区桂冠,成为新一届的"爱荷华小姐"。她就是美国的妮可·凯利,笑容里不带一丝忧愁的快乐的妮可·凯利。

人的一生中,多数人都会经历一些大大小小的不幸和磨难。其实,你若坚强,不幸将会走开;你若精彩,蝴蝶自来……

## 没有翅膀也能飞翔

森林里不能没有飞鸟,飞鸟是森林的翅膀;天空不能没有白云,白云是天空的翅膀;一个人可以没有四肢,但是不能没有梦想,梦想是人飞翔的翅膀……

如果时光能够倒流,如果他的父母提早知道他的到来是一个没有四肢的"海豚人",也许就不会让他来到这个世上。

1982年12月4日,在澳大利亚墨尔本的一家医院,一声嘹亮的哭声,带来的不是惊喜,而是震惊!他生下来就没有双臂和双腿,只在左侧臀部以下的位置有一个带着两个脚指头的小"脚"。

这是一个"外星人"吗?他的父亲吓坏了,甚至跑到产房外不停呕吐,他的母亲无法接受这个残酷的事实,在他四个月前都拒绝抱他。

命运和他开了一个天大的玩笑,多么不公平啊。当他懂事的时候,就知道自己和别人不一样,经常忍受被围观的耻辱。为什么别人有手有脚,而自己没有呢?他非常消沉,以至于想要在浴缸里淹死自己。他常常想,自己以后将要怎样生活呢?希望在哪里呢?他常常望着天空,感觉自己就像一个没有翅膀的鸟儿,怎能去飞翔?

父亲看到他消沉的样子非常痛心,于是在他六岁的时候教他电脑打字。当电脑前一串串精美的字符在他眼前出现时，他终于找到自信心。他望着自己那个曾痛恨的丑陋的小小脚趾，惊喜地发现：这就是我的翅膀，我也能够飞翔！

磨难就是个试金石。他开始慢慢挑战自己。在家人的帮助和训练下，他残缺的左"脚"成了他的好帮手，不仅帮助他保持身体平衡，还让他学会了游泳。他那个难看的"小鸡腿"，就像一个小小的翅膀，带领着他在水中飞翔。他不满足只学会游泳，在夏威夷又学会了冲浪，他掌握了在冲浪板上360度旋转的高难度动作，这个首创动作的照片还被《冲浪》杂志刊登在封面。之后，他还学会了滑板、踢球和打高尔夫球等。通过学习，他还拥有了两个大学的学士学位，还担任某企业的总监，更于2005年获得"杰出澳洲青年奖"。

这些对于一个四肢健全的人来说，都是一个出色的成绩。然而他并没有在这些成绩面前停留。19岁那年，他正式向学校提出自己的演讲申请。他并不是炫耀自己，而是要用这种方式去鼓励和帮助和他一样身残的人。然而，学校并没有轻易给他机会。一次次打电话，一次次被拒绝，在他被拒绝52次之后，终于获得了一个只有短短5分钟的演讲机会和50美元的薪水。第一次面对300个观众演讲，他紧张得浑身是汗。他用那富有磁性的嗓音，诙谐幽默的语言，以及与众不同的人生经历与别人分享，给所有人坚持下去的力量，引起了台下观众的共鸣，赢得了热烈的掌声。从此，他的演讲一发不可收拾。他在全球34个国家，成功举办1500次的个人演讲，他与超过300万人交流心得。

在一次演讲中，一位母亲带着在一次事故中失去双臂的10岁儿子走上讲台。他听完男孩的介绍，由衷地表示："是你和你的妈妈激励了我，因为你曾经有过双臂，尽管现在失去了，但仍然没有放弃。而我是从来没有拥有过双臂。"没有双臂的两人，紧紧靠在一起"拥抱"的画面，定格在几千人的注视下，全场掌声雷动。这一幕，让许多人为之动容。他尽管没有双手，却快乐地与37万人"拥抱"过。

　　他就是尼克·胡哲，"没有四肢的生命"组织创办人、著名残疾人励志演讲家。他勇于面对身体残障，创造了生命的奇迹。

　　更值得庆幸的是，尼克也获得了甜美的爱情。在一次演讲中他邂逅了日裔美女宫原佳苗，两人一见钟情。

　　在美丽的夏威夷海滩上，美娇娘宫原佳苗穿着比基尼，在柔软的沙滩上摆出各种姿势，一脸幸福地望着他。他快乐地围着新婚妻子，娴熟地为她拍照。日暮的黄昏时分，两人一起在微风轻吹的海滩上，品着鸡尾酒……

　　人生不设限。纵使没有双臂，也可以拥抱；纵使没有双脚，也可以奔跑；纵使没有鸟儿的翅膀，只要永不放弃，梦想也会长出翅膀，在自己的天空里飞翔……

## "吻"出精彩人生

7月15日,一位身穿蓝色旗袍校服的女生,在美国有线电视新闻网络(CNN)及各大媒体的镜头前,示范透过嘴唇阅读点字。她即是在今年全港中学文凭考试(即香港的"高考")中,考得三科5++,两科5+佳绩,成为第二届文凭试的状元。谁可知道,镜头前这个一脸阳光,面带微笑,侃侃而谈的女孩,竟是一位患有失明、弱听和十指触感障碍"三不感"的人。

1993年,她出生于香港一个普通的家庭。她怎么也想不到自己一出生,竟会有那么多的磨难在等着她。她出生几个月,就被发现视力有问题,父母抱着她去医院检查。医生告知她视神经严重萎缩,双目几乎失明,只能感觉到光和影。父母抱着她欲哭无泪。然而,祸不单行,在她四岁多的时候,父母发现她手指尖也有触感缺陷,不能像一般失明学生那样双手触摸点字阅读;而到小一,她听力也开始下降。这些不幸,放在谁的身上,都将是一座沉重的大山。

一般的父母,看到自己的孩子有残疾,别说是读书,能够让孩子生活无忧也就是万幸了。然而她是幸运的,她的父亲是点心师傅,母亲是全职家庭主妇,日子过得并不富裕。但是,父母从没放弃这个"三感不全"的宝贝女儿。除了生活上无微不至的照顾外,父母为了她能够及时读书、认字，将来有一技之长，成为一个有用的人，还让她按时上幼儿园，入读盲人学校。父母为了让她早些融入主流学校，在中一时便转往教学条件较好的英华女校。

在爱的围绕下，她特别懂事，特别坚强。她在家里从不给父母添麻烦，在学校里遇到困难总是自己尝试解决。

一般视障人士，都是用手阅读点字书，然而上天连她用手的能力都剥夺了。怎么办呢？她很是苦恼，但没有放弃。她不断尝试用身体的各个部位寻找最佳触点，终于有一天，她兴奋地发现，用双唇可以代替双手阅读。

每天，同学们看到她把书放在嘴唇上，好像在与书时刻"亲吻"。从此，课堂上、校园里多了一道独特的风景。

以唇"吻"书，看似浪漫，实则困难重重。刚开始，她一遍又一遍练习用嘴唇阅读，但不得要领。因为不得要领，就不断地摸索，在她持之以恒的坚持下，终于熟练掌握了唇读的技巧。她用唇读点字每分钟大约读100个中文字，英文大概80个到90个。她虽然掌握了唇读的阅读方式，但相比之下，阅读同样的内容，她不仅比其他用手读书的失明人士慢，更要比正常人多花两倍时间。为此，在课堂前她要提前预习老师事先为她准备好的点字笔记，在课后，她几乎是除了吃饭、洗澡和睡觉外，其他的时间都用在阅读上。她认为，自己虽有听力障碍，但却不能放宽对自己的要求。

在香港，有听力障碍的学生参加"高考"可获安排豁免中英文听力考试。这对她来说是一个特殊的"待遇"。考虑再三，她毅然放弃享受这样的待遇，因为她知道，应该凭自己的能力去闯关，无论考出来成绩怎么样，都要勇敢面对自己的障碍和现实。如果这次选择逃避，那么困难以后都会跟着她。在应考英国文学时她花了共8小时作答，中国文学则长达10小时，而一般考生一共才需要6小时。因此，她付出了比常人多一倍的时间和努力，终于以优异的成绩被香港中文大学翻译系录取。她，就是香港励志少女曾芷君。

曾芷君的故事感动了很多人，香港特区行政长官梁振英在网志上发表的《为了我们的未来》文章中赞扬了她"意志过人"，诗人半纳在献给曾芷君的诗中赞美她的少女之吻，无数次地献给书本，连骄傲的蜜蜂蝴蝶都自惭形秽……

"人生纵然充满荆棘，我依然无所畏惧。"面对种种困难，曾芷君毅然很快乐。她认为，快乐的时光多不胜数，快乐总比烦恼多。

是的，磨难就像一座山，如果能攀上这座山并把它踩在脚下，一切都是值得的，一切都是快乐的。

# 弯腰捡到两个亿

一枚硬币掉在地上，您会弯腰去捡吗？在网上有这样一个讨论帖，讨论结果是多数人都不会去捡。因为现在的一枚硬币实在买不到什么，也做不到什么，有没有也无所谓。然而，一位名叫毛利元新的日本人，他真是"见钱眼开"，掉在地上的、排水道的任何硬币，他都捡回来，并为此成立了自己的"捞币"公司。

2012年5月的一天，毛利元新到岗亭去交停车费。他钱包里刚好有一把硬币够交停车费的，当他把硬币拿出来交给收费员时，一不小心把硬币掉到岗亭下的排水道里。他看着掉在排水道里的银币，无奈地摇摇头，因为排水道是用铁锁锁住的。

下班后，毛利元新去停车场开车，办公室到停车场有一段路，他路过每一个排水道，都会下意识弯腰看一下。他惊奇地发现，很多排水道都散落着一些闪亮的银币，毛利元新看到这里，眼前一亮：在东京，每天像我一样把硬币不小心掉在排水道里的人应该不在少数吧？如果能把全东京排水道里的硬币都捞出来呢？应该是一笔不小的财富。

说干就干，他利用业余时间做了大量的调查，发现几乎每个被调查的人，都有把硬币不小心掉到排水道的经历。东京的行政管辖区域有2158平方公里,大约有1300多万人口,加上紧密相连的横滨、琦玉、千叶所组成的都市圈人口,将是3500多万。在这些人当中,假如有一半人不小心把硬币掉进排水道一次,那么整个东京的排水道将是一个"黄金水道"。

他回到公司,立刻辞了职。经过几天的忙碌,他成立了自己的打捞公司,并拿到了政府颁发的打捞许可证。多数排水道污浊恶臭,而毛利元新却乐在其中。每天,他和他的员工,像一只只快乐的老鼠一样,穿梭在东京的地下排水道里,他一边帮政府疏通排水道,一边捞取排水道里的硬币。一切正如毛利元新所料,经过一年多的努力,他已经成功从东京的地下排水道里捞出硬币90万枚,价值超过两亿日元(约合人民币1200万元)!获得极大成功的他并不满足这些,他还盯上了大阪、名古屋、横滨等大城市,打算在那里拓展自己的"黄金水道"。

一枚硬币前,有人昂首走过,有人却弯腰捡起。走过的人一阵风,而弯腰的人,却能捡到两个亿!

# 把好奇变成神奇

刘谦，1976年出生于中国台湾的高雄。

童年的刘谦，学习成绩并不是很好，用老师的话来讲："要算不聪明的。"但他对很多新事物充满了好奇心，第一次在电视里看到魔术表演，就被魔术师变幻莫测的表演深深吸引住了。从此，他常常沉浸在自己的魔术世界里，幻想自己是超人，可以变出一大堆玩具……

有一个地方是他最喜欢去的，那就是离家不远的百货公司。百货公司魔术道具柜台前，有一位非常神奇的店员，他让自己手里的一枚硬币吹一口气就来，再吹一口气就不见了，这让刘谦着迷得不得了，常常忘了回家。他一有空就往百货公司跑，对店员问这问那，缠着店员教他魔术。店员慢慢喜欢上了这个充满好奇的小孩儿，抽空教他一些小魔术。

刘谦的父母是普通的职员，他们对刘谦喜欢魔术有忧有喜。在一般人看来，搞魔术是一个旁门左道的事，会误了学业和前程。父母担心刘谦因为喜欢魔术而导致学习成绩越来越不好，可又觉得刘谦对魔术的好奇超过了一般孩子的"喜欢"，阻止的话会伤了孩子的心。所以，他们既没阻止刘谦学习魔术，也没鼓励，而是顺其自然。

刘谦跟店员学到一些小魔术，就回家和母亲分享。母亲有时候忙或者上班，就会不耐烦地推开他说："到一边去，妈妈没工夫看。"多数的时候，母亲都会欣赏儿子的杰作："来，给妈妈看看，你又学到什么新花样了？"这个时候，刘谦就很用心地给妈妈表演魔术，常常逗得母亲开怀大笑。

12岁那年，刘谦报名参加了台湾少儿魔术比赛。在非常激烈的比赛中，他并没指望拿奖。比完赛后，他竟获得了冠军。从美国著名魔术师大卫·科波菲尔手里接过奖杯时，他第一次体会到了魔术的神奇！之后，他一发不可收拾，接连摘得十多项国际性大奖。

当然，每个人的成长并不是一帆风顺，刘谦也不例外。他大学毕业后，并没有全身心投入到魔术的事业中去。他和别人的想法一样，找一份体面的工作，把魔术当成兴趣。没想到求职时却四处碰壁，当翻译又被拒，有一次还差点儿被骗。

经过思考后，刘谦还是觉得魔术才是他最喜欢的事。在母亲的鼓励下，他决定去闯荡。他疯狂参加一些国际赛事，也拿到了一些奖项。期间，他参加了一个叫《高照》的电视节目，这个节目要求他走上街头给普通观众变魔术，近距离表演。这个节目突破了舞台与观众的距离，也没有灯光、道具的掩饰，全靠魔术师手上的真功夫。在上这个节目的三年时间里，他拿错道具吃过牙膏，也被农民泼过粪……这个节目给了他很大压力，他也曾经想放弃。然而一路坚持下来，刘谦受益很多。他的表演越来越娴熟，其前卫的风格及惊人的创意，在业内屡获赞誉，并获得了很多国际性大奖。2009年，他受邀参加中央电视台的春晚，之后一跃成为华人世界最具知名度的魔术师。

刘谦有一句经典的台词：各位，接下来就是见证奇迹的时刻！是的，奇迹，就是在人生中把"好奇"变成"神奇"。

# 幸福总是拐个弯

王总是我们公司的老总，今年60岁。他常称自己30"公岁"，因为他觉得自己真的还很年轻。他身家过亿，但朴素节俭，时常"折腾"自己。例如，每个星期都会到公司食堂和员工一样排队打饭，吃几次快餐；本来有专车，他却喜欢让司机半路把他放下，自己一个人慢慢走到公司。王总放着福不享，让我们这群年轻人很是不理解。王总好像看出我们的心思，笑呵呵地说，小伙子们，你们觉得我有福不享是吧？其实，让幸福拐个弯，幸福更加甜。

楼下大门口，有一位收破烂的大娘。她每天穿着整齐，头发梳得一丝不苟，一脸的慈祥。偶尔和她聊天，才知道她有个儿子，在她老家那个市里当了一个大官，已经很有出息了。我说，大娘，您怎么不在家享福，跑到这里来收破烂？大娘给我讲了她的故事：很早之前她家很穷，在儿子考大学那一年，家里真的只能砸锅卖铁了。后来在老乡的介绍下，来大城市捡破烂，勉强供儿子上完大学。儿子毕业后慢慢有所成就，但也渐渐迷失了自己。她经常劝儿子要知足，但是儿子听不下去，说过穷日子过怕了，有福不享是傻瓜。于是，为了让儿子对目前的幸福有所反思，她就又做起了收破烂的工作，不是收破烂多么赚钱，而是时常提醒、告诫儿子：在幸福的时候，常常想起那些不幸，你会感到现在很幸福。如果你太享受幸福，那很快就会成为不幸的人。

  我的同事，有一个身残的女儿，但却长得如花似玉，人见人爱。她和老公都很爱女儿。也有同事说，按政策，你们可以再生一个孩子啊。她说，一个就够了，如果再生一个，我们会把对女儿全部的爱，拿出来分给另一个孩子，那时，两个孩子都只得到一半的爱，我们不想因为我们自私的想法使她失去原来拥有的幸福。

  我的父亲喜欢在乡下侍弄地，春翻地、施肥、播种，夏除草、培土、灌溉，秋收割、晾晒、进仓，冬剥壳、捡种、储藏，一年四季不得闲。我对父亲说，种地又不赚钱，别折腾它也别折腾自己了。父亲很认真地说，土地需要折腾才幸福，要不折腾，地就荒了；我不折腾自己，身体一旦停下来，就垮了。我又对父亲说，来城里一起住吧，那样我们一家人在一起就幸福了。父亲想了想说，你好好在城里养儿子，我好好在乡下种田，住在一起，不如两头牵挂更好。

  幸福常常不是扑面而来，却是等在拐弯处……

# 有些事不能分享

小时候，喜欢去父亲的菜园。父亲的菜园在半山腰上，我问他种菜为什么要舍近求远？他说，让每一粒种子远离树荫，让每一颗菜苗分享每一寸阳光。播种或者栽秧，父亲都要从很远的小河边挑水来，浸透每一寸土壤。可总有些时候只差半桶水，父亲却要再跑一趟。我劝父亲不要那么辛苦，把桶里还剩的半桶水匀一匀洒下去，所有的种子和苗儿都有水喝。父亲总是不肯这样，他说虽然这样种子和苗儿都有水喝，看似很公平，实则都喝不饱，太阳一晒，种子发不了芽，苗儿也会干渴而死。是的，父亲园里的菜，没有一棵不旺盛，没有一棵不茁壮。长大了我才知道：有时候阳光可以分享，但公平不可能每一次都可以分享。

认识一个新朋友，和他无话不谈。有很多痛苦的事，我都喜欢向他倾诉。他也非常乐意为我排忧解难，就这样，我渐渐地坚强和乐观起来，生活和工作不再有太多烦恼和忧愁。之后，我买车了，买房了，生儿子了，加薪了，升职了，我也会把我的快乐通通和他分享。开始，他为我高兴，为我加油。可是渐渐地，他和我客气起来，甚至沉默起来，最后，他换了工作，到很远的地方去了。我们的友谊戛然而止，让我百思不解。直到后来我才知道：有些时候烦恼可以分担，快乐却不可以无限分享。

　　谈恋爱了。女孩很爱我，我也很爱女孩。可是，我们有矛盾也有争吵。此时，我们都喜欢把我们之间的烦恼向身边的人诉说，我们指责对方如何如何不好，身边的人都说，既然相处不好，那就分开吧。于是，我们分手了。之后，我又恋爱了，我和另一个女孩之间也有吵架也有矛盾，我们也会向身边的人诉说，但我们都懂得说对方的好。身边的人都说，既然对方这么好，那么就好好相处吧。于是，我和这个女孩幸福地走进婚姻的殿堂。恋爱以后我才知道，有时候爱可以分享，恨不可以分享。

## 谁是伤你最深的人

一个老乡，出门在外，感到孤单无助，生怕被本地人欺负、欺骗，所以对本地人充满警惕和戒心。偶然认识了一些老乡。他乡遇故人，何等热情，何等兴奋，何等亲切，何等温暖。正当他庆幸时，却意外发现自己被老乡利用，而且是心甘情愿。委屈，苦恼，愤怒掺杂在一起，感觉就像一个脱光了的人，站在凄风冷雨中，一切那么凉寒，一切那么心酸！多年以后，他还感觉到，老乡与老乡之间的伤害，竟超过了本地人对外地人之间的伤害。

一位同事，为人热情豪爽，在业内也小有名气。一次，他去一家企业竞标。意外遇到了一位熟人，熟人是那家企业的总经理助理。自然，那位熟人对他也非常热情和客气。原以为这次竞标天时地利人和，胜券在握，可竞标结果却被另外一家不知名的企业夺走。竞标结束后，他闷闷不乐地把自己关进洗手间。巧的是那位熟人和总经理也来到洗手间，那位熟人对总经理说，我了解他，他的热情都是假装的，他的豪爽也是有目的的。他非常伤心，心一下子掉进冰窟里！他觉得，熟人之间的伤害，远远超过了陌生人对你的伤害。

一对朋友，患难相交。在公司最困难的时候，两个人同心协力，打败了强大的对手，使企业起死回生。原以为友谊长青，企业长存，可血未干，两人之间便发生了一个小小的误会，致使两个人各拉杆头，另起炉灶。一个蒸蒸日上的企业瞬间瓦解，一对患难的朋友瞬间决裂。朋友与朋友之间的互伤，超过了对手制造的伤害。

一对恋人，冲破了种种阻挠，历尽了千辛万苦，十年后终于走在了一起。他们海誓山盟，不离不弃。然而，女孩发现男孩在和她同甘共苦的时候，与另外一位帮助他们的女孩保持着密切的联系。于是，猜忌、哭闹、指责，继而也找了一位男孩"假恋爱"，以逼迫男孩承认他们之间有不正当的关系。解释、谦让、逃避，使得男孩再也承受不了这种折磨，一气之下，竟与那个关系密切的女孩结了婚。等两个人都明白这是一场闹剧以后，都后悔不已，但爱已无法挽回。有时候，恋人与恋人之间的自伤，超过了外界强加的伤害。

一个男孩，家境贫穷。从小学到初中，母亲一直都让他住校，并要求他在学校里吃饭。每逢他偷偷回家，想享受家庭的亲情与温暖的时候，迎接他的是永不生火的厨房和母亲冷冷的面庞。一气之下，他再也不眷恋这个家。直到有一天，接到母亲病危的通知，他才匆忙赶回家。他想靠近母亲，可母亲微弱的声音，示意让他站得远一点。他愤怒了，不顾父亲的劝解，一气之下回到了学校。当父亲打电话告诉他：母亲很早就得了传染病，怕把传染病带给他，所有的事都有故意为之。他惊呆了！然而，他再也无法见到自己的母亲，他痛哭流涕。因为，不是亲人伤了他，而是他伤害了自己最亲的人。

是的，生活中你会遇到很多伤害过你的人，让你心痛不已。然而，在时光面前，伤害你的人却不是你心里最伤感的，而使你最受伤的却是你最不想伤害的人。因为，伤你最深的人，你可以原谅，可以淡忘；而你伤之最深的人，却不知道怎样得到原谅，更不能淡忘……

# 只不过依了你的习惯

很多时候，我们不知道，自己高兴、开心和自认为聪明的事，只不过是有人依了你的习惯。

我喜欢看报纸，也喜欢买报纸。公司门口有几家报摊，但我总喜欢舍近求远到另一家报摊去买。因为我总是下了班才买报纸的，所以，公司门口这几家报摊的报纸往往是卖到最后几份或者是最后一份。样子总是皱巴巴的，一点儿也不整洁，不受人待见。而远一点儿的那个报摊，无论报纸还是杂志，就算卖到最后一份，也总是干干净净，没有破损或褶皱。

有一次，我问卖报纸的大叔："你的报摊也有人经常看免费的报纸，有时翻得很脏，很烂，还有运输上的磨损，为什么你的报纸看上去总是那么干净？"大叔笑而不答，他示意让我站在报摊前，看他如何卖报纸。大叔把报纸摞得好高。我在旁边站立良久，看到顾客来到报摊前，很少选择放在最上面那份很干净的报纸，而是选择拿第二份、第三份，甚至中间的报纸。等到上面那份报纸被人拿走，或是有些凌乱、有点儿脏了，大叔又及时把一份最干净的报纸放在上面。大叔看着我疑惑的样子，就主动告诉我说："很多人和你一样，总是认为最上面的报纸最脏，而下面的或者中间的报纸最干净，所以都不愿意拿最上面的报纸。而我，只不过依了你们的习惯。"

还有一次，我去朋友的鞋店"取经"，因为朋友很会做生意，常常顾客盈门。这时，一位女顾客看中了一款鞋，试穿也很合适，只是鞋有点儿脏。于是她对服务员说："这双鞋有点儿脏，还有没有新的？"服务员说："这双是刚拿出来的，是新的啊。"女顾客一脸的不信，说："你去给我拿一双新的来我就买，要不就不买了。"服务员还想解释。我的朋友一看，马上跑过去对服务员说："你赶快到里面的仓库拿一双新鞋出来。"女顾客接过服务员从仓库拿过来的鞋，很爽快地交了钱，开开心心地走了。服务员嘟着嘴小声说："不识好人心，那双还没有这双新呢，怎么就不相信人？"朋友拉服务员到一边悄悄说："你再遇到这种顾客，不用解释新旧，赶快到里面拿一双鞋出来就对了。"朋友说完，看了看那双鞋，发现是有点儿旧，于是让服务员把那双鞋打理一下，包好，放进里面的仓库。在原来的位置又放了一对同样款式的新鞋。不一会儿，有一位顾客又看上了那双鞋。这回，服务员没等顾客说话，于是从里面的仓库拿出了那双刚放回去的鞋，很热情地说："靓女，这双鞋是从仓库里拿出来的，新的……"那位顾客自然笑逐颜开。

是的，很多事情，并不是我们有多聪明，对方有多高明，只不过，他们依了我们的习惯。

# 为他人节省点时间

生活中，很多人有怨气，但不知道怨气往往是从自身蔓延来的。

一次，去新华书店买书，结账时发现早已排起了一条长队。看着缓慢向前走的队伍，我心里不禁有些怨气："明知道周末有这么多人还不安排人手加班？"在我前面有一位老者好像听到了我的抱怨，回头望了我一下，接着笑着对我说："小伙子，今天我没戴眼镜，你能不能帮我看这几本书一共是多少钱？"我没好气地说："老人家，等一下到收银台前扫描一下就知道多少钱了，何必这么麻烦？"老者说："麻烦你先帮我看看，我想节省点时间。"我不情愿地把书的总价报给老者，老者道谢后从钱包里拿出零钱，准备好。轮到老者了，他把手里的书和零钱一起交到收银员的手里，收银员扫描、收钱，整个过程只有几秒钟。

几秒钟可以完成一个收款工作，可为什么会经常排队呢？我仔细观察发现，原来很多顾客都是到了收银台，等收银员扫描书的价钱后，按照收银员的报价，再慢慢从钱包里拿出百元大钞。收银员一看到百元大钞就皱眉头，脸色难看，语言生硬。因为收银员知道，她每天的备用零钱不多，如果每位顾客都拿一张百元大钞来，零钱几下就用完了。为了保证零钱够用，她不得不对每位顾客都重复一次"有没有零钱？"当然，我还发现，多数顾客钱包里有零钱也说"没有"。就这样，顾客希望收银员找零钱，收银员希望顾客有零钱，他们都在耗着时间，队伍就越来越长了……

我这才领悟老者所说的"节省时间"的内涵：节省他人的时间，也就是为自己节省时间。

## 不妨把一句好话说上四次

我认识一位老板，他有胆量有魄力，但身边的人走马灯似的来来去去，生意总做不大。有一次，在他公司做副总的朋友找我诉苦，说不想跟他干了。我说你工资高、待遇好，有很多人求还求不来呢？他说工资高待遇好不假，但老板喜欢"唠叨"，让他受不了。我笑了，说哪个老板不唠叨人呢？朋友给我举了个例子：一次他做错了一件事，按道理老板最多骂两次也就算了，可这位老板记性好，一年都没忘。他说他那次犯错，老板骂完后严厉地对他说："要好好记住今天的教训。"没想到第二天见面，老板意犹未尽："记住昨天的教训了吗？"一周后他出差回来，老板又问："上周的教训很深刻，别不记得了。"一年后，老板夸奖他工作不错的时候，依然记得那件事："工作不错，多亏一年前那个教训。"不知老板是有心还是无意，他把这样的一句话重复了四次，伤了我朋友的心。

前几天看到一个报道说，日本有个叫冈野雅行的传奇企业家，他的公司加上他只有6个人，却创造了年销售额达6亿日元的业绩。他为什么取得如此大的成功？有人对他进行了研究发现，除了他公司的产品无人能模仿的制造技艺外，一个重要的原因是他也喜欢"重复"说话。例如，别人请我们吃饭，饭后我们会当面说声"谢谢"也就完事了。可他不同，假如你请他吃饭，吃完饭后他也会说"谢谢款待"。但第二天一见到你，他会说："谢谢您昨晚的款待。"一周后再见到你，他会说："谢谢您上周的款待。"如果下月再见到你，他还会说："谢谢您上个月的款待。"冈野为什么要说上四次，而不是一两次？冈野认为，第一次说"谢谢"，对方认为你是"客套"；第二次见面再说一声"谢谢"，对方才感觉你对他很"尊重"；第三次见面再说"谢谢"，则会让对方感到"尊贵"；第四次说"谢谢"，对方则"忘不了你了"。所以，冈野人缘特别好，就连索尼等企业的大总裁都去找他，生意自然很成功。

在与人交际中，我们很容易说错话，哪怕是无心之举，都会让别人不舒服、难过或者伤心。其实，说错一句话并不可怕，只要有心、真心纠正，没什么大不了的，最可怕的是把一句错误的话说了很多次，就像一个伤疤，刚刚愈合的时候揭了一次又一次，只会让人伤痛，让人讨厌。反之，若想让别人喜欢你，不但要赶快把好话说出口，而且还要把这句好话说上四次，那么没有人会不喜欢你。

# 不痴迷人脉

公司有一位刚入职不久的职员，社会经验却很丰富，为人处事极其圆滑，热衷与公司有硬关系的人交往，喜欢走上层路线。他认为，人脉比什么都重要，上层人脉当然是重中之重。果然，他的"拓展"有了收获，他很快升为部门副手。只是后来，他在这个副手职位一做就是数年，从没有再提升一步，每年薪水涨幅也和普通员工差不多，这让他郁闷不已。最后他从别人口中探听到，他的上级是这样评价他的：一个善于搞人脉关系的人，当然是一个有一定能力的人，但是真正重要的岗位，还是需要有真材实料的人来做比较适合。有人脉不等于有能耐，人脉总是青睐有能耐的人。

我有一个朋友，人靓又有些小才华，在圈里自然人脉不错，经常有机缘主动找上他。这个朋友说，来我们这里工作吧，这里工资高，待遇好。那个朋友说，来我们这边工作吧，这里有空间，机会多。有这么多的人脉帮助自己，他有点儿飘飘然，于是经常不顾前老板的挽留，从这家跳到那一家，跳槽成了家常便饭。几年下来，工资是在不断增加，但是频繁跳槽，并没有在任何一家公司创造过成绩，最后跳不动了，却被老板炒了鱿鱼。再后来介绍他的朋友少了，以至于无人问津。有人脉是件好事，但人脉不能随便用、草率用，当一个人把人脉用尽了，机会就不会再找上你。

我的一位老同学，拥有官场、商场等深厚的人脉圈子，做事如鱼得水。但谁也想不到，老同学还是栽了个大跟头。有一次，他遇上一个千载难逢的机会，通过他自己也能够解决，但是需要时间和机会。于是他想走捷径，动用自己的另一条人脉去打通这个环节，可是不巧，他动用的那个人脉把事情搞砸了，事情非但不成，自己还插不上手，机会没了。有时候，人脉不能随便乱搭，搭错人脉等于搭错电线，最后伤到的还是自己。

不要痴迷人脉，人脉不是个便宜的东西，别以为你只要轻轻付出，就能得到重重回报。人脉需沉淀和积累，只有你自己做到水到渠成之后，人脉自然找上你。

妻说，岳父岳母在家几十年都这样，无话不欢，无话不谈，一会儿不说就难受。有时候两个人争着说，声音大得就像吵架；即使有时候吵架，吵着吵着就像聊天一样聊了起来。看着他们两个，家里的其他人也会心情愉悦。

父母话不多，可生活中的一点一滴都配合、演绎得无比默契，他们把平凡的日子过得很温暖、滋润，他们不闷。岳父岳母话多，但他们创造着生活中一点一滴的快乐，他们把平凡的日子过得鲜活、灿烂，他们不烦。

# 后会无期

几年前，单位一个很不错的同事离职，大家很是伤感。因为这个同事平时为人处事，很热情，很真诚。他自己也常说：人生相遇，难得的缘分。深得大家喜爱的他，怎么说走就走了呢？

但让我更震惊的是，这个同事在临走时，笑着向大家抱抱拳，说了一句：后会无期。便转身离去，仿佛没有一点儿离别的伤感，对这个地方、对大家仿佛没有一点儿的留恋。

人生自古多离别。离别，总是依依不舍，总是千言万语，总是祝福不断，总是泪流满面。离别，伤感而又美丽。可"后会无期"这四个字，曾让我很是难受了一段日子，因为听起来太绝情了。为什么他不说"有缘再相逢呢"？令人期待而又多么的诗意！

几年后，我也离开了服务多年而又深爱的公司，也转换了几家公司。渐渐地，方才感觉到"后会无期"这四个字真正的含义。

聚了，散了。来了，走了。天下几乎没有不散的筵席。静心想想，在一个单位，有多少同事来来去去，而留在你脑海里的，有几个人的笑容？让你铭记心间的，有几个人的身影？匆匆忙忙走过的单位，和你常来常往的有几人？虽然，现在那么发达，一个信息一个电话，可以说尽你想说的话；一张火车票一张飞机票，几个钟头就可以见到你想见的人。可是，我们发过数不清的信息、打过无数个电话，有几次是问候以前同事的？我们坐过很多次火车、飞机，但有几次是直接去看望同事的？问候，多是寒暄；相见，多是附属；咫尺，却是天涯；相逢，竟是奢侈。

如果黄金贬值，谁还会珍藏？如果友谊泛滥，谁还会珍惜？如果明天确定再见面，谁还会依依不舍？

事实上，几年前的那位同事，早道出了我们心中想说而不愿说的话：后会，多数遥遥无期。

当然，后会无期，并不是让人冷血。想起那位同事在与大家相处时，认认真真地做好每一件事，真心实意地对待每一个人。他把最好的东西，留给了相聚的时候，让温暖深深地暖和着我们健忘的记忆。

珍惜相聚的缘分，比期待再相逢，更美好，更美丽！

第四辑

护犊飞跃

# 护犊飞跃

1

朵拉是我们家的一匹马。

那年,我家那头老牛再也拉不动那架吱吱呀呀的老破车,父亲伤感地抚摸着那头老牛说:"兄弟,你该歇歇了,老哥给你找个伴来帮你干活儿吧……"在铺着厚厚稻草的南墙边,卧着的老牛,朝着父亲嘶哑地"哞哞"叫了几声,有灵性般地从眼里滚出一滴浑浊的泪来。

一个清晨,父亲去集市买牛。晌午的时候,父亲哼着小曲,手里牵着一匹马回来。

母亲迎在门口,劈头盖脸地说:"你这个老东西,不是说买头牛吗,怎么买匹马回来?"父亲笑呵呵地说:"马和牛一样的,都能干活儿。"母亲不高兴地说:"马贵,也不如牛好使。"父亲轻轻抚摸着马背说:"你看,这马多漂亮!就是光看着,心里也美得慌!"父亲站在马旁边,做了个气宇轩昂的姿势。平时有点儿驼背的父亲,顿时显得高大英俊起来。

母亲一看,扑哧笑了,说:"你就美吧!"父亲拍拍马头说:

"朵拉，看见了吗，这间能看见星星和月亮的茅草屋，就是你的家了；这位你天天看得见的漂亮美人，就是你亲戚了。"那匹叫朵拉的马，好像听懂了父亲的话，认真地叫了几声，以示问好。

"你这个老东西，胡说什么呢？"母亲虽然嘴上骂着父亲，但一会儿就笑岔了气，这么漂亮的马，人光看着就舒服。

原来，那天早上父亲去买牛，本来看好了一头健壮的牛，正当牛贩子死活不降价时，父亲感觉到身后有人拽他的衣服。回头一看，见一匹马用嘴巴在拉他衣服。那匹马就是朵拉。父亲当时在气头上，挥挥手赶朵拉走，朵拉不走，大大的眼睛望着父亲。父亲仔细一看，这真是一匹漂亮的马啊，心顿时柔软下来。

父亲轻轻抚着朵拉的头，遗憾地说："你要是头牛该多好啊。"朵拉又趁势用嘴巴舔舔父亲的手，还往父亲身上靠靠、蹭蹭。父亲一脸慈爱地看着朵拉，就像看着自己的孩子。

父亲忘了与牛贩子继续讨论牛的价钱，却和马贩子攀谈起来。马贩子对父亲说："你们有眼缘啊，我等了一上午都没人要朵拉，你一来朵拉就喜欢上你了。"马贩子说得父亲心里美滋滋的。最终，父亲没买下那头健壮的牛，却多花了一半的钱，买下了朵拉。

## 2

怪不得父亲那么喜欢朵拉，朵拉体态结实紧凑，外貌俊美，雪白的鬃毛，让人喜欢。只是，朵拉的一只脚有点儿跛。平时，父亲只让朵拉做些轻快的活儿。如果是上坡，父亲就在后面推着车子，让朵拉少用点劲。如果是粗重的活儿，父亲更舍不得用朵拉，宁可自己拉，自己扛，也不用朵拉做重活。实在不行，就去租一头牛来干活儿。父亲当宝贝似的宠着朵拉。

村里有的人都嘲笑父亲"护犊子"，也有的人说父亲不是在养一匹马，而是在养一个"情人"。父亲也不生气也不恼，任人家说。有时候，我们兄妹几个也埋怨父亲："你不让它干活儿，买它来干什么？"父亲笑着说："看着这么漂亮、听话的马，自己干活儿也舒心啊，哪里还舍得让它干活呢儿？"听父亲这么说，我们兄妹几个都很嫉妒朵拉。不过，嫉妒归嫉妒，我们也都非常喜欢朵拉。

　　朵拉好像明白父亲的知遇之恩，每见到父亲就兴奋！靠近的时候就蹭蹭父亲，像撒娇的孩子，惹得我嫉妒无比。有时候看父亲不在，我偷偷扔石块打朵拉，看朵拉被砸中，痛苦地嘶鸣几声，我才屁颠屁颠地走了。

　　父亲有时看到马圈里有石块，就知道是我干得坏事，于是不由分说，抱起我把头朝下，横在他的腿上，几个巴掌下去，我开始杀猪般嚎叫。我的其他几个兄妹就看着我笑，笑得很是开心！

　　就这样，自从有了朵拉。贫穷的家里，多了富有的欢笑。贫穷的日子，像裹着一层甜蜜的霜糖。

## 3

　　那年，朵拉怀孕了。我和兄妹们轮流割最好的青草给朵拉吃，看着它浑圆的肚子一天天大起来，我们无比兴奋！渴望朵拉能生一个更漂亮的宝宝来。

　　期盼的日子终于来临。第二年开春，朵拉在马圈生下了一匹鬃毛也是雪白颜色的马，我们叫它"朵云"。意思是长大了，跑起来像一朵白云。

　　朵云的模样比朵拉更漂亮，更甜美。

　　一天，太阳很温暖，朵云在懒洋洋地晒太阳。我们几个兄妹忍不住去摸摸朵云，甚至几个人把它抱了起来。朵云很温顺地被我们抚摸。可是，朵拉不愿意了，不停地走动着、踢着、叫着，好像我们要抢走她的女儿似的。

我恨恨地捡起一块石头，朝朵拉的头扔过去，朵拉好像没想到要避让。石块砸在它的眼角，一下流出了血。这时，父亲赶过来，发怒地说："快把小朵云放开，朵拉母亲护犊子呢。"几个兄妹一哄而散。

在朵拉的庇护下，朵云睁着大大的眼睛，一天天幸福地成长起来。

在早晨的山坡，在落日的黄昏，朵云跑动起来，飘逸地像天边一朵云霞。

我们的快乐，就像碗里加满了的水，不知不觉地溢出来。

4

一天早上，我和父亲带着朵拉去赶集。回来的时候下了一场暴雨，直到下午天才晴。我们没有走大路，而是顺着小路往回赶。

我坐在朵拉的背上，吹着微风，看着夕阳，感觉很美。可是，小路被雨后的大水冲断。父亲牵着朵拉绕道走，到处都是那么泥泞，小路在一片芦苇边又折断了。

以前，没下雨的时候，我们可以从这里过去，可现在，芦苇边现在成了一片沼泽地。按照父亲的经验，这片沼泽不会太深。于是，父亲拍拍朵拉的屁股，示意朵拉先蹚过去，看看沼泽有多深。朵拉却后退了一下，没有前行。父亲又拍了一下朵拉的屁股，朵拉回过头来，舔舔父亲的手，之后向沼泽里慢慢走去。

沼泽渐渐淹没了朵拉修长的小腿，接着是膝盖。当朵拉已经走过三分之二的沼泽时，父亲见势不妙，大喊一声："朵拉，快回来！"此时的朵拉，四条腿已经陷进了沼泽。刚开始的时候，朵拉不停地跳动，希望左蹦右跳，从沼泽里冲出来，可是朵拉渐渐跳不动了，它的脚像被沼泽箍住了一样，不时发出长长地嘶鸣，最后渐渐变成呜咽。

朵拉终于不动了，站在沼泽里，绝望地站着。父亲顿足捶胸，很是沮丧。

时间一点点过去，还好，朵拉没有继续往下沉，估计雨水还没有把泥土完全渗透。父亲用平时的"口令"呼唤朵拉，朵拉还是不能动。

父亲发现了一条回家的小路，于是狂奔回村，叫村里的人来帮忙，可村里人手里拿着工具却无计可施，因为朵拉在沼泽中，用不上力。有人提议，用绳子套住朵拉，用拖拉机拉朵拉出来，父亲否决了这个办法，他怕这样会伤害到朵拉。最后，父亲又到镇上请了一台吊车来，想让吊车把朵拉从沼泽里吊出来。可是，泥泞的沼泽地无法找到坚实的支撑，吊车也只能袖手旁观。父亲有点儿绝望，他看着朵拉，有说不出的懊悔。

5

天色已经昏沉。朵拉在沼泽里，已经几个小时，看样子已经筋疲力尽。突然，父亲大叫一声："有了。"他又疯了一般向村子里跑去。

不一会儿，父亲牵着朵云一路飞奔而来。村里人都疑惑不解。村里人都知道父亲爱朵拉，也许是父亲让朵拉在最后时刻，见见自己的孩子。村里的人都非常感动。

父亲牵着朵云在沼泽边上站着，对着沼泽中的朵拉发出口令，朵拉看到自己的孩子，眼睛里充满了亮光，身子在沼泽里动了一下。

朵云看到母亲在沼泽里，虽然不知道母亲出了什么事，但也知道母亲很危险了，不停地嘶鸣，朵拉也回应着。母子的呼唤，让岸边的人为之动容。

父亲见朵拉能够动了，眼里也有了精神。他从岸边的草地上弄来一些青草扔给朵拉，朵拉也真的饿了，不停地吃着。父亲脸上有了笑容。

过了一会儿，父亲又做出了一个动作，拉着朵云走到沼泽边，朵云却拧着脖子，怯怯地不敢再往前走。父亲猛地把朵云一下拉到浅浅的沼泽里，朵云惊恐地嘶鸣着。

朵拉看到自己的孩子在沼泽边，不由得嘶鸣起来，而且身体颤抖地很厉害。这样，朵拉和朵云都在沼泽里，母女相聚不远。它们互相嘶鸣着，像是在安慰。

父亲脸上的笑容更多了。这时，父亲又做出了一个令人意外的动作，他从背包里拿出了一把刀子。

父亲要杀朵拉，还是朵云？

岸上的人开始惊呼起来。只见父亲把手里的刀子，举在空中，对着朵拉晃晃，朵拉此时嘶鸣地更厉害了，不停地抖动着身子。

父亲的脸上露出一丝不易觉察的笑容。他把朵云掉过头来，用手轻轻在朵云的屁股上抚摸了两下，突然，举起手里的刀子，一下扎在朵云的屁股上，朵云一声嘶鸣，举起前蹄，迅速向岸边跑去。岸上的人们也一片惊叫，大家以为父亲发疯了！

可是，意外的事情发生了：陷进沼泽的朵拉，也好像疯了一般，长长地一声嘶鸣后，竟一跃而起，迅速冲出了沼泽，向朵云追去。

朵拉奔跑的姿势优美极了，像父亲耕地的犁，迅速翻开了泥土；像鲨鱼冲开了波浪，两边飞起了浑浊的泥花……

朵拉出来了，朵拉得救了，岸上的人们大声欢呼起来！

……

多年以后，我问父亲，那个时候，你是怎样想到这个办法的？父亲淡淡地说，天下所有的母亲，都是护犊子的……

## 芦花鸡进城

### 1

"郭亮子娘要进城了!"这个消息在鸡舍里炸开了锅。

去年郭亮子的大爷进城时带了一只大公鸡去,听说那只大公鸡在城里过上了好生活。鸡舍里的鸡都想去城里看看,谁都不想错过这个机会。那只爱美的小花鸡在雨后的水坑里照照镜子,它觉得自己把握最大;那只体态丰盈的老母鸡站在木枝上,梳理一下自己黑里透红的羽毛,它觉得自己更有机会;唯有芦花鸡不着急,它昂首挺胸,悠闲地迈着步子踱来踱去,看样子信心爆棚。

一大清早,郭亮子娘穿了一身花花绿绿的衣服,花枝招展地来到鸡舍边。她笑眯眯地左手端盆,右手均匀洒下黄澄澄的苞谷,那样子在鸡眼里就像仙女下凡。平时鸡都抢着去吃苞谷,但今天都选美般抬起头咯咯咯地叫着:"选我吧,选我吧。"

郭亮子娘瞅瞅这个模样俊俏的小花鸡,又摸摸那个光滑似水的老母鸡,拿不定主意。此时,芦花鸡铆足了劲往前一冲,一下小花鸡和老母鸡被挤到了一边。

看到雄壮威武的芦花鸡,郭亮子娘眼睛一亮,很慈爱地看着芦花鸡说:"就是你了,陪我到城里走一趟吧。"

芦花鸡幸福地就要晕倒了,它回头朝小花鸡和老母鸡得意地叫了几声,算是告别。

## 2

郭亮子娘先是搭上了从村里去镇里的拖拉机。

郭亮子娘宝贝似的把芦花鸡搂在怀里。第一次出门它有点儿紧张,它发现车上很多鸭啊鹅啊狗啊和它一样,都要到城里去。它们兴奋地叫着、唱着,看来都是第一次进城。

一路看着风景,吹着柔软的风,芦花鸡心花怒放。它实在是美得慌,于是伸长了脖子,悠长地打了个鸣,逗得满车的人哈哈大笑。

到了镇上转车,郭亮子娘买了车票。在上车的时候,一个穿着比较时髦的大姐走过来,指着芦花鸡凶巴巴地对郭亮子娘说:"这个放车厢!"郭亮子娘急忙解释:"大姐,行行好吧,如果放在车厢底会闷死的。"时髦大姐二话不说,夺了芦花鸡,用绳子绑了,不顾郭亮子妈再三哀求,把它塞进车厢。

大巴车启动了。芦花鸡在黑暗的车厢里面摇来晃去,闻着汽油的味道,它想拉又想呕,心里翻江倒海般难受。走过一段路,车子停下,它听到郭亮子娘在外面喊:"芦花鸡啊芦花鸡,你可给我挺住喽……"但是,车厢里的空气不流通,芦花鸡呼吸困难。不知过了多久,它晕了过去。

等它醒来的时候,郭亮子娘正搂着它坐在路边号啕大哭,路边围满了看热闹的人。他们都问郭亮子娘是不是钱包被人偷了?还有很多人拿出钱来给她,郭亮子娘说什么也不要。她边哭边说:"俺的芦花鸡死了,俺心疼啊。"看热闹的人一听,一阵哄笑后四散而去。

芦花鸡感动得想哭,它使劲甩甩头,定了定神,喉咙里发出"哦哦"

的声音。郭亮子娘突然止住了哭声,看芦花鸡活了,一下破涕为笑!

3

到了郭亮子城里的家。

郭亮子很孝敬他娘,一会儿倒茶,一会儿洗水果,乐得郭亮子娘合不拢嘴。之后,郭亮子牵着他娘的手,介绍他用百万元贷款购买的新房。芦花鸡没人理,就跟着郭亮子娘一起参观。郭亮子向他娘说自己的豪华卧室有十多平大呢!芦花鸡心想,再大也没有郭亮子娘家的牛栏大;郭亮子又说他家的阳台也很大,芦花鸡喉咙里嘀咕了一声说,大什么大?还没有我住的鸡舍大。郭亮子娘倒是很满意,不时夸儿子有本事。

晚上,郭亮子把他娘安排到小房和郭亮子的孩子一起睡。郭亮子就把芦花鸡赶到阳台上睡。芦花鸡不太高兴主人的安排,但是也没有办法。

清晨,芦花鸡被一阵汽车的喇叭声吵醒了,原来天就要亮了。它清清嗓,想打个鸣,但是感觉喉咙里不爽,便自言自语地说:"城里的空气可真黏糊,今天歇歇不打鸣了。"但是转念一想,不行啊,不打鸣怎么能行?这是职责。于是,芦花鸡甩甩头,又清了清嗓,一声啼鸣嘹亮!芦花鸡得意地拍打着自己的翅膀。

"吵什么吵?烦死人了!"郭亮子那漂亮的媳妇穿着睡衣,拿着一把扫把走过来。芦花鸡本来就看郭亮子媳妇不顺眼,她漂亮,但对郭亮子娘不是很热情。自己不喜欢有什么用呢?人家郭亮子拿她当个宝!芦花鸡愣神儿的工夫,扫把狠狠打在它的背上,芦花鸡一声惨叫……

4

不爽的一天！

芦花鸡闷闷不乐。

它想找郭亮子娘唠唠嗑，郭亮子娘好像很忙，没闲空理它。

晚上，郭亮子娘又和她的孙子一起睡觉去了。芦花鸡看到郭亮子娘睡觉的房门没有关紧，它偷偷溜了进去。借着昏黄的灯光，郭亮子娘搂着她的孙儿睡得正香，多么幸福的一家人啊！我也要试试这个床。芦花鸡跳上床，果真是比鸡舍舒服多了。芦花鸡忘了今天的不快，挨着郭亮子娘，又迷迷糊糊睡着了。

"我的天啊，该死的芦花鸡竟跑到房间里来过夜了！"

一大早，郭亮子漂亮的媳妇进门一看，看到芦花鸡在床上，于是大喊大叫，接着一扫把打过来，芦花鸡又是一声惨叫。

5

惨痛的一天！

芦花鸡躲在阳台的角落里瑟瑟发抖。

倒霉的事还没完。

中午，郭亮子的儿子发烧了。

"是不是那只该死的鸡传染的？昨晚它竟跑到床上去睡觉。"突然，芦花鸡听到郭亮子漂亮的媳妇在骂。

"不是的不是的，可能我昨晚没有给孙子盖好被子，凉着了。"郭亮子娘的声音。

芦花鸡一听不妙，赶紧躲在阳台的角落里，眯着眼装听不见。

"你看你看,你那只该死的芦花鸡都低头搭脸的,肯定是得了禽流感,明天把它杀了吧!"

郭亮子娘想说什么却没说出来。郭亮子二话不说,把气撒在芦花鸡头上,用绳子狠狠把它绑了,丢在厨房里。

芦花鸡一阵钻心的痛,看来脚腕子折了。我命休矣!芦花鸡心情一落千丈。

晚上,郭亮子娘悄悄走进厨房,偷偷解开绑芦花鸡的绳子,心疼地说,"造孽啊造孽,芦花鸡不会跑的,哪里要用绳子狠心地绑呢?"郭亮子娘骂儿子下手狠。

芦花鸡看到郭亮子娘,像见到了亲人,差点儿泪奔。

6

这个地方是不能待下去了,天就要亮了,要逃赶快逃,绝不能成为他们的餐桌肉。

芦花鸡看到阳台有一个洞,可以逃出去。它拖着疼痛的翅膀,试了几次勉强飞上阳台。阳台到地面很高,直接飞下去肯定会粉身碎骨。芦花鸡看到楼下有棵大树,顿时有了主意。

芦花鸡向郭亮子娘睡觉的房间望了一眼,就算是告别吧。

芦花鸡纵身一跃,稳稳地落到楼下那棵大树上,又从那棵大树上展翅落到地上。

呵,马路还挺宽敞!芦花鸡这才认真地打量了一下这个城市。

这个城市很美,芦花鸡边走边咯咯咯赞叹着,它庆幸自己逃了出来。

不过,举目无亲,该去哪里安身?

芦花鸡在马路上漫无边际地走着,一辆辆飞驰而过的车辆让它眩晕。

"哪里来的芦花鸡呢？真漂亮！"

"这只芦花鸡走路的姿态很威猛！"

芦花鸡听到路人对它的赞美很高兴，是啊，走在大城市就有大城市的雄姿，芦花鸡迈开大步要过马路。

突然，一辆疾驰而过的小车，一下把它卷进了车底下。它疼痛地以为自己要死了的时候，车停下来。

"这是从哪里来的鸡？是从菜馆子里逃出来的吧？"

"这只鸡长得挺肥嫩的，吃起来会很香的，炒来吃还是炖着吃？

车上的一个肥佬和他老婆指着惊魂未定的芦花鸡说，说着说着伸手来抓它。芦花鸡见势不妙，它左躲右闪，终于逃了出来。

## 7

失魂落魄的芦花鸡很是沮丧。此时，它想起了在乡下鸡舍那些和睦的伙伴，突然很想家。

抬头一望，芦花鸡感觉这个地方好熟，再仔细一看，原来是在郭亮子的楼下，它既惊喜又害怕。

正在此时，芦花鸡看到一个熟悉的身影哭哭啼啼走出来，后面还跟着一个人。芦花鸡赶忙躲了起来。

他们走近了才知道是郭亮子和他娘。只见郭亮子扑通一下跪在他娘面前："娘，是孩儿不孝，让您受委屈了。"

郭亮子娘抹了一把眼泪说："起来吧，孩子，娘不怪你，城里人有城里人的活法，乡下人有乡下人的活法，俺这次来就是想多看看孙子。"郭亮子娘顿了顿说："你回去吧，和媳妇好好过日子，别为了俺吵闹了。"说完，郭亮子娘头也不回地走了。

"我也要回家啊。"芦花鸡一急，从垃圾堆旁跳了出来。

"我的娘哎——，真是俺的芦花鸡！看看，看看你这个可怜样，遭了罪了！"郭亮子娘一看到芦花鸡，一下把它揽在怀里。

芦花鸡很委屈地直往郭亮子娘怀里钻。

"我的娘哎——，看把你吓的，这个胆量，哪像我们家雄赳赳气昂昂的芦花鸡？不怕不怕，咱们回家……"

8

回到鸡舍的日子，伙伴们都凑上来，兴致勃勃地问芦花鸡这次旅游怎么样，怎么没在城里住，芦花鸡总结性地对伙伴们说："咯咯，咯咯，城里车多人多，楼高房小，没啥好看的。"

至于其他的，芦花鸡闭口不提。

# 幸福的羊咩咩

## 1

小时候，我们家每年都养四只山羊，一般年初养年底卖。

每只羊的用处都精打细算好了的：一只母羊是用来下崽的，一只羊的钱是用来供我上学的学费，一只羊的钱是留给奶奶生病拿药的，一只羊是父亲在过年的时候杀掉，除了留一点儿羊肉自己吃以外，其他的羊肉卖了钱买年货，给家人添置新衣服。在那个年代，羊不能养多，养多了没有多余的粮食给羊吃；也不能养少，少养一只，穷日子不知道怎么过。

有一年，我们家有一只羊不知道是在村后面的大山里走丢了还是被人偷了，父亲找了一夜，早上的时候看见他默默地蹲在大门口，一下苍老了许多。原本计划好的羊钱，不得不重新分配，首先是给奶奶治病的钱不能挪，我上学的钱也必须准备好。所以，那一年过年，我们没有羊肉吃没有新衣服穿，日子过得很清苦。我没有吃到羊肉，"哼哼"着几天不好好吃饭。

奶奶心疼我，偷偷把她治病的钱拿出一点儿来，到集上买了一斤羊肉回来，给我炖着吃了好几回，我才不"哼哼"了。

## 2

有一次,家里那头老山羊罕见地生下了四只羊,按道理多余的一只羊就会被卖掉。

父亲准备把最小的那只羊卖掉,可奶奶拦住了父亲,说:"这只羊留下吧,娃儿喜欢吃羊肉。"

父亲说:"不能多养,养多了咱们没那么多粮食给羊吃,也不能宠坏了娃。"奶奶说:"留下来我养它,以后有我一口饭吃,我分半口出来给它吃。"父亲张张口想反驳却没说出来。就这样,奶奶为了我能在过年的时候吃上香喷喷的羊肉,就留下了那只最小的羊。

奶奶对我说:"娃儿,这只小羊不能让你爹娘操心,我们俩要一起养。"

可是,我心里并不是很喜欢奶奶挑回来的那只最小的羊,那只小羊站都站不稳的样子,瘦瘦的,一副排骨架子,哪有其他小羊那样有肉?

奶奶看出了我的心思,笑着告诉我:"只要你好好养它,总有一天它会胖得像一头猪。"我笑了。

于是,每次放学回来,我就从路边湿润润的田里,专挑那刚长出的又嫩又绿的青草割了回来喂小羊。有时候带它去家后面的大山林边去吃草,小羊经常兴奋地钻进树林里不出来。

小羊吃青草的时候喜欢"咩咩咩"叫,我喜欢叫它"羊咩咩"。

## 3

奶奶也不闲着,她从小麦地里剜来肥嫩的荠菜给咩咩吃,还在我们茅草屋的周围种了一些苞谷，专门留给羊咩咩的。奶奶还去人家收了的庄稼地里，翻土里留下的小红薯。这些，都是羊咩咩最爱吃的。在我和奶奶精心的喂养下，羊咩咩虽然长得没有猪那么胖，但是比它的兄妹们还结实。奶奶常常搂着我开心地说："过年娃儿也有肥嫩的羊肉吃了。"我也幸福地望着那只羊咩咩，盼望着新年的到来。

羊咩咩的兄妹都被父亲拴在了羊圈里，唯独羊咩咩没有被父亲拴起来，或许是因为我和奶奶的缘故吧。羊咩咩很淘气，经常上蹿下跳的，一会儿追着鸡到处跑，一会儿踩塌了院子里的一截土墙，一会儿把我心爱的月季花给吃了，可我都舍不得打它。虽然羊咩咩很淘气，但是它像绅士一样很爱干净。每次下雨，羊咩咩从来不趴着，一直静静地站着，低垂着头，微微闭上眼睛静默，它好像在听雨的声音，又好像在听一曲轻音乐。我知道羊咩咩爱干净，于是总存一些干土放在羊圈的一角，用塑料盖住，等雨晴了，就把干爽的土洒在它的脚下，再铺上一层厚软的小麦或者玉米秸，它才肯静静地趴一会儿。人家的羊，每次下雨后，都是一身泥，一身脏，我家的羊咩咩，啥时候都干干净净，一尘不染的。它洁白的像一朵棉花，纯净的像一朵云。

4

快过年了，父亲说要杀了羊咩咩，我却死活不同意。

奶奶也愣了，说："娃儿，这只羊就是养给你吃的，你不是喜欢吃羊肉么？"我说："我现在决定不吃它了，它是我的好伙伴。"父亲也说："养羊要么卖掉，要么杀掉，不知还有什么用？"我固执地告诉父亲："我今年不吃羊肉了，我要和羊咩咩玩。"在大人们一声叹息里，我把羊咩咩留了下来。

一天，奶奶突然病了，病得厉害。原来留着给奶奶花的羊钱已经不够用了，东凑西借还差一点儿。父亲又想到了我那只羊咩咩，他用商量的口吻和我说："娃儿，咱卖了那只羊给奶奶看病吧。"没想到我一口拒绝："不行！"父亲发怒了："这是给最疼你的奶奶治病，你都不愿意，你的良心给狗吃了？"父亲不顾我的反对，把羊咩咩绑了起来，第二天就要卖到镇上去。我在羊圈里搂着被绑了的羊咩咩，哭得鼻涕泡一串一串的，不知什么时候睡着了。迷迷糊糊中，我被一只温软的手抚摸醒了，原来是奶奶。"因为你生病，父亲才要卖了羊咩咩。"我看了奶奶一眼，扭过头去不理她。

奶奶在我耳边轻轻说："娃儿，咱们不卖羊了。"我咕噜一下爬起来问："奶奶，真的吗？"奶奶使劲点点头，接着，她一边拉着我的手一边说："走，咱们把羊咩咩偷偷放了吧，省得你爹整天惦记着要杀要卖的。"我睁大了眼睛，惊讶地望着奶奶。奶奶带着我来到羊圈，她松开羊咩咩，让我牵着羊咩咩，把它带到我家后面的大山林边。奶奶让我把羊咩咩放开，羊咩咩舔舔我的手，亲昵着不离开。突然，奶奶凶狠地扬起巴掌，朝羊咩咩屁股狠狠打了过去，羊咩咩愣了一下，一扭头朝大山里跑去。

早上，我满以为父亲看不到羊咩咩会到处去找，可父亲没有出声。母亲问父亲羊咩咩丢了怎么不去找？父亲只是淡淡地说："羊不见了就不见了，丢了找也找不回，明年再养一只就好了。"

说也奇怪，自从放了羊咩咩，没有钱治病的奶奶病情并没有加重，反而渐渐好起来。奶奶有时候摸着我的头说："是我孙子的菩萨心肠感动了老天，让奶奶活了过来。"我的心里甭提有多高兴了。

5

羊咩咩走后我很想它。

年后春天的一个下午,我在树林边和奶奶散步,一个熟悉的身影跑到我们面前。

"羊咩咩,羊咩咩!"我和奶奶惊喜地叫了起来。

羊咩咩围着我和奶奶转了几圈,随后很开心地舔舔我和奶奶的手。

在远处,我看见还有一只大羊和一只小羊朝这边张望,可能是他们新的一家吧。

和羊咩咩亲热了一会儿,奶奶轻轻挥挥手对羊咩咩说:"去吧,去吧。"

羊咩咩一转身,轻盈地向那只大羊和小羊跑过去。

然后,它们一起消失在树林里……

## 蜘蛛和黄蜂

小时候，我家的牛栏是用石头砌成的，中间横着几条木棍当梁，梁上面是高粱秆和稻草铺成的顶。牛栏低矮，却朝阳，冬暖夏凉。老黄牛不干活儿的时候，就卧在里面，悠闲地嚼着干草或者青草，晒晒太阳。

可不知在什么时候，牛栏的横梁上挂了一窝马蜂。马蜂每天飞来飞去，忙忙碌碌。

一天，一向安静的牛栏里，传来老黄牛"哞哞"的叫声。

我忙跑过去一看，原来有一群马蜂正追着老黄牛猛蜇。我看到老黄牛的背上、腿上、腹部、甚至眼角都有马蜂在飞舞，密密麻麻一片。

我吓了一跳，老黄牛怎么会惹上马蜂了呢？我看到横梁上的马蜂窝有点儿歪，估计是老黄牛用尾巴扫蚊蝇时，一不小心扫到了马蜂窝上，惹怒了马蜂。我看到惨不忍睹的老黄牛，忙把牛栏打开，把它放了出来。但是马蜂随即追了出来，老黄牛又蹦又跳，最后忍不住一头扎进院子里的草垛里，那群黄蜂意犹未尽地悻悻离开。

第二天，我看到老黄牛没有了往日的悠闲，它的眼睛红肿，眼角流着脓液，一副可怜的样子。

我抚摸着平时温顺而又可怜的老黄牛，恨死了梁上的马蜂，我想到了用竹竿把马蜂窝捅掉，但又怕跑不过马蜂，被马蜂蜇。我想用火攻，但是牛栏是用木头和稻草做成的，容易引起火灾。想来想去，没有想到什么高招。

就在老黄牛被蜇的第二天，在牛栏的左上角，不知什么时候支起了一张小小的蜘蛛网。我想，如果蜘蛛网能够网住这帮凶残的大马蜂，也算是为老黄牛报仇了。

第一天，这张小蜘蛛网收获甚微，只网住了几只弱小蚊蝇。我不禁摇头叹息。

又过了几天，我发现那张小小的蜘蛛网真是弱不禁风，已残破地挂在墙角。几只大马蜂从蜘蛛结网的地方进进出出。或许是马蜂们大摇大摆惯了，感觉不习惯，横冲直撞，把那张小小的网撞得稀巴烂。

一天晚上，我提了半桶水到在老黄牛饮水的槽里。此时，马蜂们不再嗡嗡飞翔，或许早已进入梦乡。

月明星稀，我借着微薄的月光，突然看见一只灰色的小蜘蛛，正在悄悄结网。

早上的时候，我发现那张网已经织成了，蜘蛛网比之前的那个网大了些许。

柔和的阳光照进牛栏，也照到了那张小小的蜘蛛网上，犹如银丝，闪闪发亮。

此时的马蜂们，也开始出动了。它们一个个像十足的战斗机，嗡嗡地一晃而过。我看见一只个头儿较大，通身黝黑放亮的大马蜂，不知道是没有看到那张蜘蛛网，还是不惧那张蜘蛛网，一下冲了过去，那张网一下就被撞破，简直不堪一击。

网没了，黄蜂们更加忙碌了，出出进进，如入无人之境。我看不到蜘蛛的踪影，或许它正躲在一个角落里睡大觉呢，我不禁替蜘蛛悲哀。

每天中午，我总看到一张破网挂在墙上，第二天早上，我总看到又织起一张新网。我惊讶于蜘蛛的勤劳和屡败屡战的精神，但是不再抱任何希望，毕竟力量悬殊。

好久不去牛栏了。一天早上，偶然发现那张蜘蛛网没像之前那样支离破碎，仔细观察，蜘蛛网好像一层层加固了，看上去不再单薄。但蜘蛛网中间有一个不大不小的破洞，像子弹穿过去那般大小。那只个头儿最大的大马蜂，依旧驾着战斗机似的躯体，马力十足从在蜘蛛网中间的那个洞里穿来穿去，好不逍遥快活。

我想，这只蜘蛛虽然捕捉不到大马蜂，但已经尽力了。或许也累得筋疲力尽，越来越瘦了？可是当我再次看到那只蜘蛛时，小小的蜘蛛已经长大了，看上去很强壮。但是，我依旧不抱希望。

一个夏天将要过去，老黄牛早已养好伤，精神十足地干活儿，没事的时候晒晒太阳。只是再也没有招惹那些大马蜂，老黄牛和大马蜂看上去一团和气。

偶然，我又想到了那张蜘蛛网和那些大马蜂。我又来到牛栏边，远远就看见那张蜘蛛网已经支离破碎。

我叹了口气，这场蜘蛛和大马蜂的大战，最终以蜘蛛的全败而告终。或许，蜘蛛从第一次结网就选择错误，而不停地结网更是一种错误。当我即将离开时，突然发现有一条蜘蛛网，沿着石墙，快要垂到地上。那只骄傲的大马蜂，被蜘蛛网裹了个严严实实，像一只冬眠的茧。看样子，大马蜂已经死了。看场面，显然是刚经过了一场大战。蜘蛛是用尽最后的力气，最终将那只像战斗机似的大马蜂，狠狠缠住，再也不放过。我被震撼了！

大马蜂的躯体在风中晃呀晃，一下晃到了老黄牛的脚下，老黄牛好像发现了大马蜂，抬起脚狠狠地把大黄蜂踩住，使劲踩到脚下的尘土里。老黄牛哞哞叫了几声，像是报仇，像是感恩，像是喜悦。

我以为那只蜘蛛明天会重新结网，可在以后的日子，再也没有看见那只蜘蛛和它新结的网。它是否受伤？它是否去远方流浪？不得而知。只有那张破旧的银亮的蜘蛛网，在风中来回晃……

第四辑 护犊飞跃

## 小黑的爱情

　　花姑家有一个不大不小的院子，春天种点菜，夏天种点花，秋天瓜果压坏了篱笆，冬天风一吹，院里黄叶呼啦啦。田园风光，花姑喜欢。可花姑感觉还缺点什么，于是弄来了鸡鸭鹅，还有羊儿咩咩，这下子院子里热闹成了一锅粥。直到有一次，花姑发现有只小鸡不见了，花姑一拍脑瓜说："家里还少条狗，狗看家啊！"

　　刚好顺子家的母狗生了一窝，花姑挑了一只小黑狗抱回家，起名"小黑"。花姑好吃好喝伺候小黑，希望小黑将来一副威风凛凛的模样。可小黑见人舔舔手，遇人摇摇尾，一副温顺的样子。

　　小黑还经常被大公鸡、大白鹅追得满院跑，竟不吭一声。更让花姑生气的是，家里来个陌生人，小黑也不叫。有时花姑看着小黑的样子就来气：看家狗不叫怎么看家呢？一次，花姑很讨厌地朝小黑踢过去，小黑被踢出老远，翻了几个跟斗，愣没叫一声。花姑也愣了：难道这是只哑巴狗？

　　当丢失第二只小鸡的时候，花姑对小黑狗彻底失望了。于是，花姑从长生家又抱来了一只小花狗，取名"小花"。小花可不一般，无论有点儿啥动静即使是熟人进院，汪汪声震天！可花姑喜欢，逢人就说："看看，这才是看家狗，看家狗就应该这个样！"花姑经常把最好的骨头留给小花，小花待遇比小黑好。小黑不是很羡慕那些骨头，倒是很稀罕小花，每日与小花形影不离。小花也不讨厌小黑，它们很亲密，像兄妹，更像情侣。

一天，花姑扔给小花一根肉骨头就转身走开了。此时，五婶家那条大黄狗像瞅准了空档，大摇大摆地走过来。小花一看不妙，顿时"汪汪汪"一阵狂叫，但大黄狗可不吃这一套，步步逼近，小花步步后退。那根肉骨头就要成了大黄狗的囊中之物。突然，小黑不知从什么地方突然杀出来，叼起那根肉骨头，放到小花身后。大黄狗一惊，定住了，可能它在想：这是那个平时胆小如鼠的小黑吗？大黄狗就是大黄狗，它愣了那么几秒钟，摆出一副不屑的样子又向前走过来。小花继续汪汪叫着，但声音越来越小，准备弃骨离开。这时，只见小黑向后退了一步，突然攒足了力气，向大黄狗直冲过去，竟第一次发出"汪汪汪"地叫声。大黄狗愣住了，以为小黑要和它拼命，于是张开大嘴，发出低沉的声音，亮出战斗的架势。可小黑并没有直接朝大黄狗扑去，而是快速地从大黄狗前面，绕到大黄狗侧面，接着绕到大黄狗后面，趁大黄狗转身的时候，又灵活地跑到大黄狗前面，围着大黄狗团团转，并"汪汪汪"叫个不停。这招声东击西很有效，大黄狗一时间被小黑折腾地晕头转向，无所适从。大黄狗哪儿见过这阵仗，只得灰溜溜躲到一边。小黑还朝它"汪汪汪"叫了几声，大黄狗不得不又退后了几步。大黄狗看看那块肉骨头，又看看小黑，咽了一下口水，嘤嘤叫了几声，悻悻离开了。

小黑回到那块肉骨头旁，趴下，用嘴巴闻闻那块肉骨头，把它叼到小花脚下，很温柔地看着小花慢慢享受。

在窗口目睹此情此景的花姑，心底顿时升起柔情万种。小黑不出声，或许它之前没有遇到过爱情。

小黑的壮举讨得小花暂时的欢心，却没赢得爱情。一段时间后，小花喜欢上了狗剩家健壮的小黄狗，经常跑到狗剩家去玩。小黑开始也跟着去，可小黄狗很霸道，一见到小黑就狂叫。小黑不怕小黄狗，三下两下就把它打得到处跑。狗剩不高兴了，把小花和小黑一起都轰出门外。但是小花不死心，还经常去找小黄狗，小黄狗只给小花留一条门缝进去。小黑狗无奈，只得在门外徘徊。

六月的一场暴雨后，小黑看见小黄独自从河边回来。小黑看不见小花就沿着小河一路寻找。在河下游的浅滩上，它发现了小花的尸体。小黑围着小花发胀的尸体不停地转来转去，一会儿用爪子抓抓小花狗，一会儿又对着滚滚的河水狂吠，最后，小黑吠声渐歇，只发出呜咽。

花姑闻讯赶来，见小黑如此痴情，不禁泪水簌簌。花姑把小花抱回家，葬在院子外朝阳的小坡。小黑每天都要在埋小花的地方默默地守候一会儿，不允许其他小狗靠近。

有一次小黄狗经过，小黑狗突然腾空跳跃，像箭一样冲了过去……

# 虎 皮

虎爷年轻时高大威猛，喜欢打猎，好枪法也远近闻名。虎爷心高气傲，总觉得打野兔、山鸡小打小闹不过瘾，总想打野猪和虎狼那才威风。虎爷养了几条机警凶猛的猎犬，但有一条名叫"黑牙"的猎犬虽对虎爷忠心耿耿，可虎爷就是不喜欢。因为有一年过年，黑牙很好奇地去叼小孩儿扔的鞭炮，被炸伤了双眼，之后的黑牙总看不清它前面的是人是物，虎爷称它为"废物"。有好鱼好肉，虎爷总是先分给另外两条猎犬。那两条猎犬咬死了邻家的鸡，虎爷也不责罚。虎爷常说，有能力的狗才是好狗，没能力的狗吃屎都嫌多。

一日，虎爷听说数百里外的伏牛山有人见过野猪，也有人说见过豹子。虎爷坐不住了，他带了猎枪和干粮，还有两条猎犬就出发了。当然，黑牙也死皮赖脸地跟着。

伏牛山绵延数十里，树木丛生，里面是凶是险没人知道。虎爷凭着自己的经验，找了一个安全的地方安顿下来。接下来的几天，虎爷没有发现什么野猪、野豹，更不见虎狼。闲着也是闲着，虎爷在山里转悠转悠，打打山鸡和野兔。

一次，虎爷在伏牛山里走得太深，加上天气不好，竟然迷失了方向。此时天也黑了下来，虎爷决定过一夜天亮再走。

半夜，半睡半醒的虎爷突然打了个寒战，浑身寒毛竖起。借着月光，虎爷朦胧中看到一只灰白相间的狼正站在不远处观望。虎爷嘴上说要打虎打狼，可一见到真狼顿觉毛骨悚然，心里着实慌张。他战战兢兢摸到猎枪，上膛，瞄准狼狠狠扣动了扳机，准备来个出其不意，然而枪竟卡了壳。虎爷紧张地跺了一下脚，骂了一句娘。狼此时也看到了虎爷，它眼里露出了凶光。虎爷慌忙喊了一嗓子，让两条猎犬同时上前与狼搏斗。一条猎犬不知天高地厚跑上前，本欲与狼搏击，可一看见狼，连架势都没亮出来，前脚一软，跪在了地上。狼可不客气，上前一下咬住猎犬的脖子，猎犬不久毙命。另外一条猎犬一看不对头，掉头夹着尾巴一溜烟不见了。满嘴鲜血的狼伸直了脖子朝天嚎叫，声音在山中低沉地回荡。虎爷感觉到树梢在抖动，仿佛有千百只狼正从四面八方呼啸而来。虎爷惊恐地后退了几步，一下碰到了黑牙，虎爷像抓到了救命稻草。是的，只要有条猎犬抵挡一会儿，虎爷就可以趁机逃脱。虎爷稍弯身子推黑牙上前，当他把手放在黑牙背上时，明显感到黑牙身体也在"突突"发抖。完了完了，黑牙都吓傻了。虎爷顿感裤裆一热……

　　突然，黑牙向前一窜，在狼不远处一下竖起身子，并摆出搏斗的姿势，而且汪声震天。狼显然被吓了一跳，定住后，它机警地看着黑牙。黑牙不急于进攻，而是围着狼做夸张的动作和奔跑。很明显，黑牙想把狼吓跑。狼毕竟是狼，不会这么轻易退却，它观察到黑牙是在虚张声势，而且姿势也趔趔趄趄，于是瞅准时机准备攻击。然而，黑牙反应更快，一跃而起，嚎叫着先下手为强了。此时不跑，等待何时？虎爷拔腿就跑。一路上虎爷感觉自己身轻如燕，脚下生风，树枝不能遮挡，沟壑、陷阱竟能一一越过。虎爷刚开始还听到黑牙拼命地叫声、咬声，到最后耳边只剩下了呼呼风声。

　　逃生后的虎爷，回家后瘫在床上三天不吃不喝。惊魂稍定，虎爷第一件事就是去找黑牙。他再到伏牛山找到遇险的地方，只见地上血迹已干,黑牙或许早已落入狼口,连骨头都不剩了。正要离去之际,虎爷在草丛边发现了半张残缺不全的狗皮。虎爷知道那是黑牙的,他把狗皮抱在怀里,潸然泪下。虎爷喃喃地说:"有人英雄了一辈子,最关键时刻却熊了;有人一辈子窝囊,关键的时候竟是英雄!"

是的,从来没有人把狗称为英雄,就算救了人它只是一条狗而已。虎爷虽然没向任何人提起过是黑牙救了他,但他把那张狗皮一直挂在自家的墙上,有人问那张皮是"狗皮"吗?虎爷答道:"不,那是虎皮……"

# 欲者上钩

临潭有鱼，临潭有大鱼！

一日，钓鱼高手五叔，搬来钓鱼家当，临潭下钩。五叔坐如磐石，静如佛像，只是半天未见大鱼身影。

第二日，五叔下钩，等到夕阳西下，仅得小鱼小虾。五叔安慰自己："不急不急，愿者上钩。"

第三日，五叔刚下钩，只见水底有泡泡冒上来，五叔窃喜：大鱼来也。泡泡围着鱼竿转来转去，却不靠近。最后，泡泡突然消失了。五叔愣了半晌，缓神提钩：嘿！鱼饵没了，这大鱼真狡猾！

五叔再下钩。半晌，一条"波纹"从水底游了过来，又游了回去。"波纹"在鱼竿周围四处游荡。不久，鱼竿微微晃动，五叔知道大鱼在试探。五叔不急。一而再，再而三，鱼竿猛晃动。五叔突然使劲提竿，很沉；再使劲，一条枯枝被鱼钩拽出水面。五叔乐了，这大鱼真逗。

五叔换了一个拴了五个钩的鱼钩，是五叔自制的，只要鱼咬钩，准跑不了。五叔曾用这只钩，战果辉煌。

良久，水面没有动静。五叔估摸着大鱼不会这么快回头，他点上一支烟。五叔吞云吐雾之间，感觉鱼竿向下一沉，五叔以为是大鱼，果断甩杆。"啪"，一样东西摔在岸上。五叔仔细一看，鼻子都气歪，原来是一支沉水的死山鸡挂在钩上。由于用力过猛，五个钩直接折了，五叔哎呀呀直喊心疼。

这大鱼也太有智慧了吧？不，这不是大鱼，是怪鱼。事不过三，五叔拿起鱼竿，收工。

第四日，五叔又去临潭。在潭边思量半天，毫无对策。此时，只见大鱼在潭底翻滚，顿时搅起一潭浑水。

人都是浑水摸鱼，而鱼主动搅起浑水，真是前所未闻。

五叔几次提杆，甩竿，都空空如也。原来，大鱼利用浑水巧妙食饵。

五叔气急败坏，却无计可施。他突然发现那条大鱼，或许是高兴过头，或许它也在浑水里迷失了方向，竟在五叔对面的浅水区搁浅了，正张着大嘴，不停拍着尾巴。

钓不到，可以逮啊。五叔禁不住心动，但没有身动，因为这条大鱼狡猾得超乎寻常。

五叔先扔了一块石子过去试探，大鱼好像非常惊慌，本来是向深潭方向游，却不想又向潭边浅区游了一截。顿时，大鱼整个身子露出水面。五叔一看，嚯，大鱼鱼身浅灰，鱼肚泛白，足足有几十斤重。

五叔欠欠身子，仍未站起来。因为大鱼离潭很近，只要掉头一跃，五叔定会白忙活。

只见大鱼休息片刻，忽然向上跃起，看样子想重新跳进潭中，却不小心落到一块碟状的大石上，大鱼好像更恐慌了，不停地翻跳。

五叔心想，等这条鱼跳累了，就过去白白捡了。五叔稳稳当当坐下，像看小丑表演一样看大鱼翻跳。一会儿，大鱼却不跳了，好像在保存体力，又好像在休整。

这回该五叔坐不住了，他摸起石块扔过去，制造动静，让大鱼跳。大鱼又使劲翻跳起来，却不想用力过猛，身子一下插在低垂在潭边锋利的枝杈上。大鱼疼痛地不停地翻跳，暗红的血染红了它的身子，一会儿大鱼不动了。

五叔啊五叔，今天不用钓，也可得鱼；鱼啊鱼啊，你再聪明也毕竟是条鱼。五叔边念叨边乐呵呵地走过去。五叔见到那条大鱼，正张着大嘴，用腮拼命呼吸，一副可怜巴巴的样子。

五叔伸双手过去，想把大鱼抱在怀里。大鱼微微跳了一下，五叔怕大鱼跑了，慌忙翻转掌心朝下逮它。

没想到，大鱼突然腾空而起，划了一个漂亮的弧线，箭一般向深潭跃去。

五叔没反应过来，脚下又一滑，身子悬空，"扑通"一声跌落到深潭中。好在五叔会游泳，否则便会命丧潭中。

五叔狼狈地爬上岸，坐在潭边良久，不禁感慨万千：大鱼看似笨拙的动作，其实是一步步引我上钩。我在钓鱼，其实大鱼在钓我。

钓鱼，鱼因贪欲食饵，往往上钩；生活中，人贪鱼或欲者，往往会跌倒，甚至会丧命。人与鱼，在欲望面前，何其相似？

自此，五叔不再垂钓。

# 野猪复仇

## 1

嘎什山脉的冬天煞是好看。天幕下的山峰,雪色莹蓝;绒布雪野,寂寥无声;树梢上的冰凌,玻璃样透明。

洛尔蜷缩在一个被大雪压折了的大树枝下,树枝搭在一块大石上,像天然的顶棚。洛尔身上穿着老猎人留给他的御寒棉衣,身下铺了一层厚厚的干草。

洛尔一早就潜伏在这里了,他需要杀死一头野猪,因为他的妻子卡莎又怀孕了。最近卡莎营养不良,脸色苍白,她要进补一些肉食才行。他想到了野猪,野猪味道鲜美,营养丰富,而且经常在这一带活动。

为了这次狩猎,洛尔很多天没洗澡了,因为野猪的嗅觉灵敏,洛尔怕野猪闻到他身上的皂角味。最难忍的是从早上到现在一支烟都没抽,洛尔浑身乏力。突然,他发现在身下的干草中,有一根野南瓜秧,他欣喜地把野南瓜秧折断,放在嘴唇上夹住,深深吸一口。

"味道真的很不错!"洛尔很满足。

洛尔一不小心碰到那把插在腰间的手枪,枪盒子冰冷冰冷的。

他刹那打了一个寒战，直透骨髓，他又把手缩了回来。

来这座大山有五年多了，洛尔清楚记得五年前的一个傍晚，他就是抓着这把枪，慌慌张张地误入了这座大山。那天大雪纷飞，北风凛冽。走投无路的他蜷缩在一个山洞里，衣服单薄，寒风刺骨。他感到自己将要被冻死的时候，一位路过的老猎人将他救回家，并让他在家住了下来。不久，老猎人死了，他娶了老猎人漂亮的女儿卡莎做妻子，之后卡莎生下一个可爱的女儿。他这个无依无靠的人，却机缘巧合，过上了幸福的生活。

他的故事就像一个传奇，又像一个童话。

2

洛尔知道野猪一般在清晨或者是傍晚出没。

他从家里出来的时候，天空还飘着小雪此时已经停止，雪刚好盖住他留下的脚印。可他从早上等到日暮，也没有看到野猪一丝的踪影。

洛尔活动活动手脚，手脚有点儿发麻。他想起了妻子卡莎，此时的卡莎是不是正抱着孩子，站在门口，踮着脚尖，正翘首期盼着他归来？

漂亮的卡莎，是上帝给洛尔送来的天使！洛尔喜欢卡莎那翘翘的鼻子，每次打猎回家都禁不住要摸一下才过瘾。洛尔更喜欢卡莎长着长长睫毛的眼睛，就像嘎什山洼那片清澈纯净的湖水，能映出月亮移动的影子，鸟飞过的影子。他爱卡莎，无论在哪里，只要一想起卡莎，心里就像打翻了一罐子的蜜，心中就像开满了一朵朵花。

3

洛尔揉揉发困的眼睛，突然发现这个地形很熟悉，他想起了前几年，也是在离这个地方不远的山坡，曾猎杀过一头野猪。

那是一个傍晚，天空飞起了一片片云霞。一头野猪带着它的幼崽警惕地走过来。洛尔藏在一棵大树后，当野猪走进了猎枪射程之内时，他举起老猎人留给他的那杆老枪，瞄准，扣动扳机。一声枪响，野猪一声震天的嚎叫，疯狂地原地跳了几下，趔趔趄趄倒在雪地里。而那头小野猪显然被母野猪挡住了大部分沙弹，没有被击倒，但尖尖的小耳朵被沙弹打穿了，流着血。小野猪显然是受到了枪声的惊吓，战战兢兢站在一旁不动。当洛尔雀跃地从大树后跳出来，准备去抓那头小野猪时，倒在雪地里的野猪却突然站起来，朝小野猪使劲一拱，小野猪骨碌碌顺着山坡滚下去了。野猪迅速转过头，龇着长长的獠牙，眼睛闪着蓝光，朝洛尔扑过来，样子非常狰狞。洛尔急忙一闪，虽然躲过了野猪的獠牙，但野猪的脚撕破了他的衣服，猎枪也被甩在了一边。野猪由于伤势过重，没有发起第二轮攻势，一下又摔倒了。

洛尔从腰里拔出那把冰冷的手枪，对准了野猪。在即将开枪的一瞬，洛尔突然想到了这颗子弹，是最危险的时候才能用的，不能随随便便开枪。何况，野猪已经受了重伤，用木棍可以解决它。洛尔看到树下有条胳膊粗的枯枝，于是抓起来，向野猪狠狠挥过去。野猪虽然受了重伤，在危急时刻竟一跃而起，又朝洛尔扑过来。洛尔一个灵活转身，躲到大树后，只听"砰"的一声，野猪一下撞到大树上。好久，洛尔才慢慢转过身，看到倒在地上喘着粗气的野猪，洛尔松了一口气。等野猪咽了气，洛尔过去用绳子结结实实把它五花大绑拖回家，让卡莎美美地吃了一个星期的野猪肉。

可是几年过去了，洛尔不敢轻易再碰野猪，野猪拼命的样子让他心有余悸。

## 4

这次大雪下得太久，动物们也隐藏得很深。天空没有鸟飞过的痕迹，雪地里没有野兔的脚印。

洛尔提前勘察了野猪出没的地方，并在这里设伏，等待野猪经过。

要是抓只野猪给卡莎，卡莎的脸色就会像桃花一样红润起来。一想到这里，洛尔微微笑了。

一个姿势保持太久，洛尔的身子有点儿冻僵了，手脚不太灵便，他稍稍活动了一下手脚，洛尔又碰到了那把贴身的手枪，他心情复杂。他想，如果野猪来了，无论如何都不会再省下这颗子弹，一定让子弹飞起来！

## 5

黄昏。

嘎什山脉一边的夕阳缓缓降落，一边的月亮像一片薄薄的美玉，悄悄浮动在天空。

——嚓——嚓——嚓——

一阵熟悉的声音传来，有点儿犯困的洛尔一下精神起来。

一头体格健壮，黑色鬃毛的野猪由远而近，向洛尔走来。野猪很警惕，走走停停，停停走走，还不时地嗅嗅空中的味道。它在寻找着食物，也时时刻刻警惕着危险。

野猪近了。洛尔很清楚地看清那头野猪的模样。他突然发现迎头走来的野猪，和几年前他猎杀的那头一个模样。

洛尔心里有点儿慌乱，可越走越近的野猪还是令他紧张地举起猎枪，瞄准……在扣动扳机的一刹那，洛尔甚至看到昂起头观望的野猪，那尖尖的耳朵上有一个小洞，从小洞里透过的月亮的光。

难道，难道这只野猪是几年前被猎杀的野猪的孩子？洛尔心一紧，手一哆嗦，砰地一声枪响，子弹打飞了，沙弹飞向树林，树叶沙沙作响。

野猪显然没有被伤到，它脖子上的鬃毛突然竖起，像一根根钢针，在月色下发着冰冷的光。它发现了洛尔，直奔他而来。洛尔迅速扔掉空猎枪，从腰间拔出手枪，对准扑过来的野猪就是一枪。啪！子弹声音响亮，野猪显然是被打中了眼部，它嚎叫着团团乱转了几圈，突然掉头向山下跑去。

洛尔确信自己打中的野猪不会活命。只要紧追野猪的血迹和脚印，就能找到它。他一路沿着野猪留下的脚印，在山脉里转来转去，当他被寒风吹得打了个寒战时，才发现自己迷了路。他不敢再走，他知道雪地里藏着无数的陷阱。他找了一个废弃的草垛钻进去取暖，最后迷迷糊糊睡着了。

6

第二天，太阳升得老高的时候，洛尔才深一脚浅一脚，拖着疲惫的身子往回走。路上，他想到了漂亮的卡莎，他愧疚得像个孩子一样，眼角有点儿湿润。

"嗨！宝贝，你自己跑回家来了？真乖！"走到家门口的时候，洛尔一声惊叫——他发现昨天那头被他击中的野猪，躺在他家门前，看样子已经死去多时。洛尔擦擦眼睛，不相信有这种奇怪的事发生。

洛尔蹲下身子，查看野猪中弹的地方，却发现野猪中弹的地方那颗子弹不见了。洛尔心里一惊！

"嗨，你是在找这个吧？"洛尔抬头一看，两个魁梧的警察站在他面前，其中一个警察捏着一颗子弹壳，在洛尔的眼前晃了晃。

"是啊是啊——不是不是。"洛尔看到警察语无伦次。

"没错，你是杰克！"其中一个警察对他说。

洛尔听到"杰克"这个名字，脸色突变，他突然拔出别在腰间的手枪，迅速把枪口对准了自己的头。

"嗨，杰克，放下枪吧，你的枪里已经没有子弹了。"捏着子弹的警察说。

洛尔顿时没了脾气，他犹豫之后把手枪扔在雪地里。

是的，那最后一颗子弹本来是留给自己的，可是，它已被射出去了。

"我们是萨斯州的警官。"其中一个警察说："孩子，可怜的孩子，该回家了。"

"你们怎样找到我的？"被戴上手铐的洛尔在失望之余，仍不死心地问。

"再狡猾的狐狸，都藏不住自己的尾巴。"一个警官说："就在昨天晚上，有人报警说发现了一头受伤的野猪，之后从野猪身上发现了子弹。经过检测，我们就知道是五年前那个杀人犯，手枪里还有一颗没有射出的子弹。找到这颗子弹，也就知道杀人犯离我们不远了，所以，我们是跟着野猪的脚印找上来的。"

"野猪复仇了，野猪复仇了。"

洛尔瘫坐在地上……

# 近猪者痴

## 1

小黑是一条狗,小胖是一头猪,他们喜欢在一起玩。

"你再去找那头蠢猪,你就不是我女儿!"有一天,狗妈妈很气愤地对小黑说。

"为什么啊?我觉得小胖哥哥挺好的,老实憨厚,有情有义。"小黑不解地问。

"呆头呆脑的,有什么好?以后不准再去找那头傻猪,要不然你就变得和他一样蠢了。"

"妈妈,小胖哥哥就是挺好的,我不找他我找谁玩呢?"

"你应该找猫姐姐玩,猫姐姐是最聪明的。你要整天和猫姐姐在一起,你会比猫姐姐还聪明。"

"哦……"小黑不明白聪明有什么好处,只是觉得和笨笨的小胖在一起很舒服,很快乐。但是,妈妈的话她不敢不听。

有一段时间,小黑不再去找小胖。

小黑去找猫姐姐,可每次回来都闷闷不乐。

"你怎么不高兴?"狗妈妈问。

"我去找猫姐姐玩,猫姐姐不和我玩。"

"为什么不和你玩?"

"猫姐姐说我笨。"

……

小黑又回来找小胖。

小胖跑过来亲热地围着小黑问长问短的,好像从来没发生过什么事一样。

"你可不许欺负我哦!"小黑对小胖说了一句连自己都吃惊的话。

"那你就欺负我吧。"小胖傻乎乎笑着,把大耳朵伸过来。小黑假装使劲扭一扭,小胖就哎呀呀大叫起来。

于是,小黑和小胖又在一起玩了。

2

有一天,小黑和小胖突然听主人说,他们急需要一笔钱,要把小胖卖了或杀了。

小胖听了不出声,小黑一听就吓哭了。

之后,小黑说小胖你逃吧,逃得越远越好。

小胖说,我哪里都不去,不如这几天我都陪着你吧。小黑感动得哭了。

主人每次把饭端给小胖的时候,小黑都是把小胖挤走,自己拼命吃,吃得都快走不动了。

小胖伤感地对小黑说:"你这个忘恩负义的家伙,我死到临头了,你也不知道安慰我,就知道吃!"

小黑也不恼,叹了口气说:"你走了以后,谁让我来欺负呢?"

小胖一听,气呼呼走了。

一天傍晚,小胖突然听见主人自言自语说:"小胖瘦了小黑胖了，小黑卖的价钱会比小胖多，就拿小黑去换钱吧。"

小胖一愣，突然明白了小黑每天抢着吃饭，原来小黑就是要吃得白白胖胖，要替小胖上刑场啊。

小胖哭着去找小黑，然而已经来不及了，小黑已被主人绑起来了。

小胖对小黑说："我以为这个世界上只有我傻，为什么你这么傻啊？"小黑低下头小声说："只有真心喜欢一个人的时候，才会变傻……"

小胖这才发现，小黑竟是那么爱那么爱自己。

夜晚，小胖咬断绑小黑的绳子，他们在浓浓的夜色里奔跑，奔跑……

## 大师的狗

摩一大师有条狗,机灵、富有智慧,深得摩一大师的喜爱。

一天,狗郁郁寡欢地来到摩一大师面前,向他提出辞职。

摩一大师非常惊讶,于是问道:"这里有好吃的好喝的,为何辞职?"

"非常感谢您给我提供的好吃好喝,但有好吃好喝不如去找好吃好喝快乐。"狗答道。

摩一大师点点头,感觉狗说得很有道理。但又问:"在这里你一人之下万人之上,你出去后就是万人之下了,你可舍得?"

狗说:"一人之下是束缚,万人之上是孤独,哪里还有幸福?只有舍弃名利之束缚,自由自在去寻找快乐,那才是真正的幸福。"

摩一大师沉默片刻,同意狗随时可以离开。

随后,摩一大师放弃被人顶礼膜拜的圣坛,云游四海。

第五辑

和老板的那点事儿

## 沉下去，浮上来

那年，为了能够照顾到儿子的生活和学习，我放弃了优厚的待遇和积累了多年的人脉关系，离开了那家工作了十五年的公司，回到原来生活的小城。

原以为凭借自己的工作经验和专业，很快就能找到适合自己的工作。但是，三个月过去了，一无所获。

一天，我又到一家小公司面试。面试我的是这家公司的副总，年龄还不如我大，但非常严肃和冷漠。他看过我的简历，冷冷地说："你年龄偏大，我们公司人力资源经理这个职位已有合适的人选了。"他顿了一下又说："你愿不愿意在办公室做普通工作？"

我想掉头就走，但一想到找工作之艰辛，我点点头算是答应。

上班开始，我发现公司年轻人居多。环顾一圈，"奔四"这个年龄，除了老总就我一个人。和他们交流、沟通起来，很是困难。最主要的是我也不愿意主动和他们交流。

"你看，我们公司招一个这么大年龄的人来，不知他有什么能耐？"一天，我听到办公室的同事在议论我，他们明明看见我了，但装作没看见继续议论着，我知道他们故意说给我听，羞辱我吧。

我本想发火，但一想，哪里的新人入职可能都这样吧。我就当没听见一样，继续做自己的事。之后，这些同事好像故意和我过不去，专门找一些工作给我做，比如让我给他们去楼下复印一些资料，去其他公司送文件，甚至让我给他们倒水。说话也盛气凌人，一点不讲究方式方法。我虽然强压怒火，但是脸色却不好看。

回到家，才是我开心的时刻。我忙着给儿子做饭、倒水、洗澡。儿子说："爸，你做那么多事累不累？"我笑呵呵地说："不累。"是的，围绕着儿子所做的事，永远不感觉到累。为什么在办公室那么累呢？我突然有所感悟：在办公室感觉到累，关键就是不能用平常心去接受一些事物，去做一些事情；又顾忌太多，放不下脸面。其实，年轻人有年轻人的优势，不必去嫉妒，就像自己也年轻过，也一样神气、自负；当然，年龄大有年龄大的好处，不必自卑，就像自己当年一样，遇到困难和挫折，很喜欢找那些年长的同事，羡慕他们待人处世游刃有余，这样一想，顿时豁然开朗。

每天上班，我不再计较同事让我做这做那，更多的是笑呵呵地主动去做。做完了，还会问一声："谁还有事让我帮忙啊？"每天早到半小时，把饮水机的水提前烧开，在每位同事到来前，先倒上一杯热腾腾的开水；每个同事来到，总听到我的问候；同事不愿做的事，我去做；同事不愿加班的工作，我来。半个月下来，同事们都大眼瞪小眼。他们奇怪，怎么没把我气跑，反而变了一个样？

就这样，大家渐渐接受了我。

一天，副总叫我去他办公室一趟。

"倪西赟，恭喜你！今天我正式任命你为公司人力资源部经理。"副总笑呵呵地对我说，一改往日冰冷的面孔。

"公司这个职位不是已经有合适的人选了吗？"我不解地问。

"其实，我们根本没有招聘人力资源经理。"副总说："你来我们公司那天，我看过你的简历后，知道你在大公司做过，有多年的人事管理经验，本想马上任命你为人力资源经理，可我当时看你心高气傲,所以,才让你去办公室先体验体验,把浮躁去掉,沉下去做事。"

"哦,原来是这样啊。感谢副总用心良苦,更感谢同事故意制造的'障碍',是他们的'轻视',让我感到自己的重要;是他们的'懒惰',留给我展示自己的机会。"我笑笑说。

"是的,职场上有很多人喜欢浮在上面,沉不下去;有的人沉下去了,却浮不上来。我们就需要你这股韧劲!"副总赞赏地拍拍我的肩头鼓励我说。

职场,从来不是一帆风顺。"沉下去,浮上来!"我把这句话当作自己职场的座右铭。

## 对手扔你石头,你送对手金子

在职场混久了,原以为初入职场的不顺,会随着经验的丰富,能够得心应手,如鱼得水。然而,做得越久,看到的事情、遇到的事情和发生的事情,越来越不如原来的设想。不顺的事情竟越来越多,自己也越来越失望。每天放眼办公室,多数人没有笑脸,只埋头做事,死气沉沉的一片。有时,办公室人与人之间紧张的气氛,有点儿像火山爆发的前兆,不知哪一会儿哪个山头要喷发。于是,心底凉寒,心灰意冷。

一天,公司新来一位姓李的同事。他像我刚来办公室那阵一样,每天到公司都乐呵呵的,见人就笑,见人就打招呼,为人处事单纯得像个孩子。我想,过不了多久,他就会笑不起来,他只知道水有多美,却不知道水有多深,他只看见天有多蓝,却不知道天会变脸。然而,半年过去了,这位同事竟能在办公室的职场丛林中游刃有余,让我大跌眼镜。因为办公室的同事都喜欢和他说话,都喜欢和他共事。假如有一天他不在办公室,办公室就静寂得像墓园。

我也很喜欢和他接触,可我们两个人在一起那么并肩一站,我很快就发现李同事一身朝气和阳光的味道,而我则一身阴冷和潮湿的气味。

偶尔，我们出去喝几杯小酒，似醉非醉之间，我才敢敞开心扉，说职场的一些不如意。他笑而不答，给我讲了一遍又一遍老掉牙的故事。解放前，有两户穷人，一家姓李，一家姓齐。两家原本是很好的邻居，一墙之隔。后来因为一点儿小事两家互不往来，之后又发生争吵。有一次，齐家的小儿气愤不过，扔了一块石头到李家，刚巧把李家的一只鸡砸死了。那只鸡在那时可是个"宝贝"。于是，李家气愤不过，也准备丢更大的一块石头过去。这时，李家外出求学的儿子归来，知道了事情的来龙去脉以后，第二天，他笑呵呵地把一袋金灿灿的东西送到了齐家。他说，这袋东西是昨天从你们家墙上掉下来的，现在给你们送过来，齐家见了那袋金灿灿的东西，很是惭愧，晚上又把半袋金灿灿的东西送到李家。自此，两家你来我往，和好如初。

我问，李家儿子那天送过去的金灿灿的东西是不是"金子"？李同事认真地说，比金子还要宝贵的东西。对于这个故事，我是嗤之以鼻的，因为，齐家的儿子扔石头过来，李家的儿子却送"金子"过去，傻不傻？那齐家也真贪，李家送一袋过去，明明不是他家的，他家还要留半袋。我以为李同事在杜撰故事，逗人开心。但李同事一脸正经地说，这是个真事，李家的儿子就是我现在的爷爷。我又问，那个时候，你爷爷从哪里弄来一袋"金子"？李同事笑而不答。直到后来，李同事才揭晓谜底：他爷爷送给齐家那袋金灿灿的东西，不是金子，而是一袋金灿灿的小米。齐家留下那半袋金灿灿的小米，也就是留下了李家那颗真诚、火热的心。

于是，我那颗浮躁的心顿时安静下来。仔细看看办公室那些看似你死我活的"斗争"，其实都是些鸡毛蒜皮的小事引起的。第一次误会，让人心里不爽；第二次误会，让人心里结疙瘩；第三次误会，往往就会让人火山爆发。误会就是那飞来飞去的石头，制造你来我往的互伤。那些你假想的"对手"或"敌人"，其实和你一样，都只是办公室那些本来就普普通通的同事。

办公室里遇到了你假想的"对手"或"敌人",你该怎么办?不妨送一件小礼物或是一个善意的微笑吧,那么,久而久之,送去的是你的热心、关心和尊重,对方收到的是在心里扎根、生长的感激、感动和谅解。

试试之后,再看看效果如何?

## 卑微的工作也得高薪水

王力疲惫地从人才市场出来，漫无边际地走在街头。在一家卖豪华门的门店口，他看到临时的招牌上醒目写着招聘业务员的信息：底薪一千，试用期三个月。王力再往前走，却发现很多卖门的店铺，都需要业务员。王力突然灵光一闪，好像发现了什么，兴奋不已，他决定去应聘业务员试试。

他先去那家豪华门店应聘业务员。门店的老板张伟乐得有人前来，很爽快答应王力只要有客户来门店或是给门店带来效益，每天可以不用打卡上班。一切就绪后，王力不急着去拉业务，他先是在门店了解各种门的质量或特性，对每一种门的性能以及优缺点做到烂熟于胸。之后，他向张伟请教销售门的技巧和相关渠道，不久，王力就学有所成。信心饱满的他，还不急于拉客户，而是在各街各巷那些招聘业务员的门店自我推荐要做业务员。

徐华是王力以前的同事，他知道王力在做业务员，就笑王力："做业务员啊？我还以为什么好工作呢！这种天天点头哈腰，被人训斥得像狗一样的工作有什么前途？"王力笑而不答。

一个月后某天，徐华见到王力问："王哥，这个月做业务赚了多少钱呢？"王力说："不多不多，刚好一万。"徐华不信，问："你拉了几单生意，竟赚这么多？"王力笑笑说："一单生意也没拉到。"徐华说："你的月底薪不是才一千元，怎么会拿到了一万元？是不是你们公司的财务数错了吧？"王力只是狡黠地笑笑，不答。

  第二个月的一天，王力主动请徐华喝酒，徐华纳闷地问："王哥，这个月赚大发了，这么大方？"王力从手提包里拿出了一万二，在徐华眼前晃了晃说刚发的。徐华这下可蒙了。他问："你这个月拉了几单生意？"王力说："小有进步，拉了一单生意，提成两千。"见徐华愕然不已，王力拉他坐下，娓娓道来。

  原来，王力那天发现很多门店招业务员。他想：单独做一家门店的业务员，底薪当然不会很高，但会有固定的薪水拿。我要是成为多家门店的业务员，这些门店的底薪不就是一笔不小的数目？于是，王力除了做张伟那家门店的业务员，还另外精选了九家门店作为自己的业务店。就这样，不管每个月拉没拉到业务，但这十家店的底薪照样给，合起来就是一万元了。听了王力的一席话，徐华恍然大悟，佩服得不得了！徐华想了想又问："前两个月算你运气好，如果三个月后你没有拉到业务不就一分钱也没有了？"王力说："你说得很对，不过我很有信心。"

  第三个月，徐华禁不住打电话给王力："这个月你拉了几单生意？赚了多少钱？"王力说："三个，两万元。"徐华说："只拉了三个客户就有两万元？"王力说："是啊，三个客户就搞定了十家店主。"王力禁不住徐华的央求，讲了这个月的薪水是如何赚到的。

  王力是这样安排这三个客户的：第一个客户是个大老板，对门的质量要求最高。于是王力就把他带到这十家业务店中最好的三家店去看，最后，客户在张伟老板那里采购了一批豪华门。虽然王力和另外两家的门店三个月的试用期到期，但是他们也看到了王力的实力，还是挽留王力继续做他们的业务员。第二个客户是个装饰公司的老板，要采购多种款式的门，以满足不同客户之间的需求。于是，王力把这个客户介绍给中等档次的四家门店，最后，客户在这四家门店都采购了门，四家门店的老板见王力拉回业务自然欢喜，立即转正；还有一个客户是个居委会主任，自己家庭装修，自然是精打细算的客户。王力带居委主任去既便宜又实惠的另外三家门店采购，客户虽然只选了一家，但是三家门店的老板都知道客户是居委会主任，自然不可小瞧，所以也不敢小看王力，自然也给王力转正了。王力只用三个客户，就让十家门店老板见到了自己的能耐。

在跳槽、换工作的时候，我们总盯着工资高、福利好的企业，但好的工作往往都是凭自己的真本事或者是超出常人的勤奋得到的。而在我们的身边，总有那些不起眼的工作，薪水低的工作，只要你用眼去观察，用心去发掘，卑微的工作也能拿到高薪水……

## "金牌前台"的职业经

芳姐是我们公司的"前台"。在很多公司，前台的工作多是打杂的，上班最早下班最迟而且工资很低。一次，我偶然发现芳姐的工资竟然不逊那些做主管的，真让人羡慕嫉妒恨！是什么原因让老板这样"照顾"和器重一个普通的前台？我暗地里调查了芳姐，并没发现她有什么背景。

我心里很是不平衡。有一次，我跑去前台假装等快递，其实就是观察芳姐在做什么。芳姐最忙的是接听电话，她一边接电话，一边很麻利地分拣桌面上一大堆邮件和报纸。我对芳姐说，前台工作挺轻松挺简单的，工资又高，不错不错。芳姐笑了笑没说话。

此时，一个电话打进来，对方是找老板的。芳姐和对方说我们公司有张老板、王老板、李老板，您找哪一位？对方忙说找张老板。芳姐抱歉地和对方说自己刚才说错了，公司没有张老板。对方说找一下王老板也行。芳姐说我们公司也没有姓王的老板，接着不等对方解释就挂了电话。

我愕然，对芳姐说，你怎么会得罪找老板的客户呢？芳姐乐呵呵笑着对我说，对方不是老板的客户，认识我们老板的话肯定知道老板姓什么。你要给他老板的手机号码，他会把老板烦死，我也会受到老板批评的。我想想也是这么个道理，顿时释然。

不久，电话铃又响了，对方直接说找方老板。我想，这回芳姐该转接给老板了吧。然而，芳姐还是没有转接电话，而是很有礼貌问对方姓什么，哪家公司的。对方电话里支支吾吾，最后说是老板很熟的朋友，姓孙。芳姐客气地让对方稍等一下，并马上转接。只见芳姐把自己桌面上的一个笔记簿打开看了一下，于是手指翻飞，输入一串号码。顿时，办公室角落里无人用的电话铃彼此起伏，像蛙声一样好不热闹。

我提醒芳姐：那里可不是方老板的办公室哦。芳姐笑着说，这个人是老板不想见的人，因诚信问题以后也不愿和他合作，所以，他就上了我笔记簿上的"黑名单"了。这种人会经常死缠烂打打电话来，咱和他耗不起时间，唯一的方法就是把他打来的电话悄无声息地转移掉。哇，芳姐真是聪明，居然想到这一招！我暗暗佩服起芳姐来。

话没说完，又有一个电话响起来。芳姐拿起电话，一个很命令似的声音说他是税务局的领导，找老板接电话。芳姐客气地说，"您是税局的领导啊，失敬失敬，请问您是哪个税务局的？我马上帮您转接。"对方口气很硬地说，你一个前台没必要知道，我要找的是你老板！芳姐很有礼貌地说，我们老板刚出门。对方咆哮起来，并让芳姐把老板手机号码给他，警告芳姐耽误了事她要负责。芳姐不急不恼，笑着同对方说："好的，请您说出您是哪个税务局的，要不我怎么对您负责？"对方骂了一句粗口，"啪"的一声无奈地挂了电话。

芳姐对我说，这种人还真不少，经常扮猪吃老虎，常冒充公司的上级主管领导吓唬人。我说，那真要是税务局的人呢？芳姐说，真要是税务局的人都不是这个口气啦。况且，我自己手抄了一份从报纸上、网上找到的最新的，我们辖区的税务、社保、消防、民警等外联办公室电话和负责人的名字，只要报上名来或是看看来电显示我就知道真假了。想在我面前假扮，也不看看我是谁——一个八年的"老前台"！芳姐说完咯咯笑了，一脸的天真，不像那种被烦事缠绕，愁眉不展的人。

又来电话了，对方一开口，芳姐就热情地说，"李总您好啊，好久不见，我们老板正准备请您来我们公司指导指导呢……"对方听了高兴地哈哈大笑起来。

接一个小小的电话，竟有这么大的学问！我现在才明白，芳姐工资为什么那么高了。芳姐不仅仅是老板的"挡箭牌"，还是老板的"过滤器"。如果说骚扰电话那头是一个个妖怪，那么芳姐一定是聪明机智的孙悟空，老板就是坐在办公室大转椅上优哉游哉的唐僧了。

人在职场，并不是每个人都能选择好的工作，并不是每个人努力都能得到好的工作，但只要用心，你就能把一份简单、无聊、普通的工作做到精致，做到极致，不仅自己快乐，也会让你成为这份工作最合适的人，无可代替的人。这样的人，何愁不被老板喜欢和重视呢？

## 拼命才有命

我曾经在一家业绩好，待遇也好的公司工作过。可我进去没多久就离开了，原因并不是我不努力，而是我不够努力；也不是我甘心认命，而是我不够"拼命"。

吴姐三十五六岁，是公司普通的仓库管理员。我印象中的仓库管理员就是坐在电脑前，输入单据，领出物品，盘点盘点货物那么简单。可我发现，公司的仓库管理工作本来设置两个人的，但是这个岗位工资低，长期招不到人，吴姐每日要做两个人的工作，工资却只拿一个人的。最可怕的是每天都有几吨货要卸车入库，几吨料又要装车送出去。一天下来，吴姐的衣服湿了干，干了又湿。一个男同事干这些活儿都要有点儿吃力，但是吴姐每次都很娴熟，很快乐地完成这些工作。我私下对吴姐说，"你那么拼命干什么？又不多给你奖金、工资？"吴姐笑笑说，"虽然不多给奖金、工资，但不拼命就会丢掉工作啊！再说了，我又没有文凭和年龄的优势，这种最简单的工作也最没有含金量，最没含金量的工作也最容易失去。你要不比别人强，你要拼不过别人，哪还会有稳定的工作？等别人拼命工作的时候，我的工作很快就'没命'了。"

我们业务部的经理是朗。同事们都称他为"狼"，工作没有完成不可以下班，工作做不完美不睡觉，加班加点是工作常态。我们都觉得，这种人没有情趣，不会享受生活，因为大家都觉得他是为了他的薪水、职位而拼命。有一次，他晚上十点钟了还让大家回去研究、敲定一个竞争方案。我们虽然有一百二十个不愿意，但是，却不得不赶回去。最后完成方案时已经是凌晨四点多了，他帮我们每个人叫了一辆的士，让我们睡醒再来公司上班，不来也行。当我下午以还未睡醒的状态回到公司，朗已经拿着我们研究的竞争方案，红着眼睛兴冲冲地归来。有人也问朗，你为什么那么拼命？偶然停下来享受一下也有那个资本的。朗说："我停下来没问题啊，最可怕的是，比你牛的人不会停下来，还比你更拼命。"

朗的话足以让我们每个人深思。是的，我们理想中的工作应该是一个职位好，薪水高，轻松，自由，还能够被领导重视又能发挥自己特长的工作。然而，理想的工作又是怎样得来的呢？除了个人的智慧运用得当以外，工作拼命，拼命工作，也许是另外一个最重要的途径和捷径。

身在职场，无论你是何种角色，工作上的勇敢、上进、拼命，都是一种可贵的品质。一般情况下你的品质决定你在职场上的职位、薪水和工作的心情、心态。在现在职场上，拼命往往被认为是一个贬义词，因为拼命，会造成人在生活上、心理上、身体上的一些严重问题，而那些"拼命工作"的人，长期被冠以不懂享受生活，享受工作之恶名。可工作上不拼命，谁能重视你，重用你？甚至有随时会被淘汰的可能。看看自己身边那些当领导的，受提拔的精英，有几个人工作上是松松垮垮的呢？几乎大部分领导，工作时间比员工长，压力比员工大。

如果我们把拼命看作是工作上的一种乐趣，一种动力，一种开花的梦想，那么，你就会感觉到，拼命不会太累，太苦。

也许，只有拼过，才有可能像富翁一样在沙滩上，悠闲地钓鱼、晒太阳；如果不拼命，不拿出自己的优势和本领，也许有一天，我们就会像鱼一样被迫搁浅在沙滩上……

## 让员工有派头

几年前，和我一同毕业的同窗蔡君，原本有机会进入一家福利好待遇好的大型企业工作，但他经过观察和思考，果断进入了一家刚成立不久的展览公司。我曾问他："这家公司有良好的制度吗？"蔡君说："没有。"我又问："这个公司有丰厚的薪水给你吗？"蔡君说："没有。"我说："那你到底是为了什么？"蔡君说："经过我了解，这个公司的老板能给员工'派头'。"我哈哈大笑说："笑话，这年头哪个员工不都是累死累活的打工仔？哪个企业老板不都是想榨干你最后一滴油？企业还给你'派头'，你简直是哪根筋不对吧？"蔡君笑而不答，他拿出名片给我看，职位是运营部经理。我说："这就是你说的'派头'"？蔡君说："是的，我们公司每位员工的名片最低都是经理级的职位。你可别看这个小小的名片，出去见客户时作用可大呢，起码人家不敢小看你，最少也得派个同级别的人来和你洽谈业务，最后的结果往往事半功倍啊。"我鼻子一哼，嘴上否认，但是心里认了——假如蔡君去我们公司洽谈业务，我还真不够接待他的资格，这就是所谓的"派头"吧。

半年过去了，正当我忙得焦头烂额的时候，蔡君打电话过来约我晚上去喝咖啡。见面我就对蔡君说："这年头你很闲啊，还有时间喝咖啡？"蔡君不慌不忙，娓娓道来。原来，蔡君每个月大概负责两个筹展、搭建项目，只要在保证利润和服务的前提下，个人全权负责这个项目。只要把这两个项目做好，其他的事情都不用管，也可以选择休息。不仅他是这样，公司每个部门的"派头"都有这样的权利。蔡君的老板还说过一句令他震撼的话："每个项目的负责人，就是这个项目的老板。在盈利的基础上，完全可以按照自己的想法去开展工作。"我听得一脸羡慕和虔诚，半年多不见，蔡君所在我面前表现出来的言语举止，就像小老板样，"派头"十足！蔡君在这家公司，也许就是想找到这种感觉。

一天，我路过蔡君的公司，忍不住好奇，于是没打招呼就上去看看。刚好蔡君不在，他们公司一位"胖员工"接待了我。"胖员工"知道我的来意，很是热情。他给我讲解公司的前景，讲公司的员工如何能干，如何团结，如何爱公司，他对蔡君也赞不绝口。好像他们公司人人都是好人，都是能人。我没有多少兴趣听他夸夸其谈，我用眼扫了一下办公室，却没有了心情。办公室很拥挤，除了一个杂物房，十几个人挤在一个二十平方米左右的大屋子里。面对这样的环境，我竟忘了礼貌和"胖员工"道别，扭头就走了。我刚下楼，蔡君就打电话给我说："你刚来我们公司了？"我吃惊地问："你在哪里看到我了？你怎么知道？"蔡君说："我老板打电话告诉我的。"我一惊，问："那个接待我的'胖员工'是你们老板？"蔡君说："正是。你想不到吧？走，我们去老地方喝咖啡。"我说："你有病吧？你在外工作呢，不怕老板炒了你？"蔡君哈哈大笑说："我们老板见我有朋友来，特地放我半天假。"我嫉妒地挂了蔡君电话，心里却一阵热乎。我想：当每个人遇上这样的老板，还愿意去跳槽吗？——我这才明白蔡君那份死心塌地。

经济危机那年，蔡君的公司因参展企业少，经济效益直线下滑，最后，公司资金告急，连发工资都成问题。我劝蔡君："跳槽吧，你为公司做出了不少贡献，就是走也不欠公司什么。"蔡君很郑重地告诉我："不能走的，公司不欠我什么，可是我欠公司很多，欠老板很多。要走，也是我必须等到我还清了再走。"

过了一段时间，蔡君兴奋地告诉我，公司没有一个人离职。我问为什么？蔡君笑嘻嘻地告诉我，工作好找，但是，去哪里找这样一个让你有成就感，让你有"派头"的老板呢？所以，公司不能垮，这个老板不能没有。可想，有蔡君这帮喜欢"派头"的人，公司不仅不会倒闭，日后还发展得红红火火呢！

如果一个企业长期招不到或者留不住员工，不妨试试给员工一个"派头"吧。

# 让机会为你倾倒

1

小晴是公司新招聘的"储备干部"。在一同进入公司的那群貌美如花的女孩中间,毫不起眼儿,还特别"扎眼"。因为其他女孩一进公司,就被各个部门的负责人叫去部门帮忙,做事,而小晴迟迟没部门请。小晴一看情况不对,就主动到其他部门推销自己,其他部门负责人不好意思拒绝,又没有合适的工作安排给她,就让她随便干点什么都行。小晴知道人家部门不重视她,也难过了一阵子。

傻坐着发呆可不行,经过一段时间观察,小晴发现各部门同事在工作忙的时候,中午顾不得订餐,忙完时也过了送餐时间,于是就饿着肚子或者随便吃个泡面。每天中午11点,小晴就到各部门统计订餐的人数,于是就充当了同事们的"订餐工"。小晴每次订餐很用心很及时,饭菜可口,很受同事们欢迎。也有同事笑小晴迂腐,干这种活儿哪能有成绩?小晴不管别人说什么,一笑了之。当同事们吃着可口的快餐时,也记住了一个叫小晴的"储备干部",让人心窝里暖和。小晴趁机向同事请教工作的事情,自然,小晴成为"新人"转正最快的那个。

小晴初入职场的故事虽然很老套,但"新人"入职场,试问谁会给你"一鸣惊人"的机会?况且,机会没有固定模式。有机会就钻,这是机会的本事。

## 2

小晴转正不久,被行政部看中,提拔为行政助理。升职以后,小晴工作的性质不再是订餐那么简单,而且繁杂无序,做了也不见得出成绩的工作越来越多。

工作中,麻烦的事情最让人躲着不做或者拖着不去做。小晴不一样,只要是麻烦的事情,总要去试试,去碰碰。特别是部门之间那些"三不管地带"的工作,她总是"一根筋"。

有同事劝她别费力不讨好,小晴说,这些事也是我们部门的一部分,我就先试试,如果不行,让能人来做也不迟。就这样,公司的"三不管地带",大家认为都是小晴的工作。刚开始,小晴对这些工作不熟,也经常出错。所以,小晴的上司经常批评她到处瞎搅和。

然而,小晴看得多,学得快,处理这些事情上渐渐得心应手起来。公司这才发现,小晴原来是个有上进心的人,于是又把她提升为行政主管。

当大家都做一件事的时候,你的机会也许不多;当大家不去做那件事的时候,只要你做,机会就是你的。机会就是机遇!

## 3

得罪人的工作,更是没有人愿意去做。小晴可不怕这些。她说,"人之间哪有解不开的疙瘩?"每逢自己部门与其他部门有冲突时,小晴就向上司请缨,让自己试试。上司也乐得有人替自己挨骂。

小晴去和其他部门负责人沟通时,其他部门负责人见是小晴,就说,叫你上司来和我沟通。小晴不急不恼,只是说,我来不是和你谈判的,我是来向你学习和请教的。如果你认为我的职位低,就让你的下属教我也行。多数上司面对温柔得像棉花似的女孩,哪儿还发得起火来?——那样只会让自己风度尽失。于是就把小晴留下来沟通。小晴总是一脸虔诚地听着,认真记录着。这时,问题多数都能很好地解决。

时间一长,各部门负责人都说,小晴要是自己部门的员工就好了,很多人跑到老板那里点名要小晴去自己部门。

老板想了想说,小晴到哪个部门你们都有意见啊,不如小晴就给我当助理吧,有什么事让她去协调岂不更好?于是,小晴借风顺水,当上了总经理助理。

4

有的人工作了两三年,还是进入公司时的那个职位。有的人不满,就抱怨,越抱怨,升职加薪的机会越远;有的人"聪明",把工作当成业余时间,专干自己的私事;有的人心如止水般,给一分钱做一份事,波澜不惊地混日子。

难道公司里一点儿机会都没有吗?其实,成功很简单。如果你做了别人不想做的工作,你就有了成功的机会;如果你拥有了成功的机会,机会自然就会向你倾斜;机会既然向你倾斜,只要你坚持不懈,机会总有一天会倾倒在你的怀抱里。

所以,不要认为有好机会才去做事、工作;也不要以为不是好机会,就放弃你想做的事情、工作。好机会往往都是在不好的时候出现,就看你抓不抓得住。

# 和老板的那点事儿

## 让老板记得你的亮点

几年前,钟强来到广州。没有高学历的他,应聘到一家物流公司做普工。他感觉到自己没什么特长,唯有把事情做好,做精。凡公司有什么加班,或是什么重活儿,他都是主动去做,从来少不了他,就像干自己家里活儿一样勤快、卖力。

一次,公司有一批很重的货物运来,需要搬到公司的六楼。可电梯又坏了,很多员工都嚷嚷着不愿意做那么重的活儿,之后一个个借口溜掉了。钟强二话没说,一个人用了三个小时的时间,把那批货物都完好地搬到六楼。老板眼光狠毒,干活儿不干活儿都逃不过他的眼睛。那天下班,老板拍着钟强的肩膀,笑呵呵地说:"小伙子,看不出来,你还挺能干的嘛!"

之后,钟强便被老板任命为物流主管。每次干活儿,老板都说:"把钟强找来。"钟强虽然有时感觉很累,但被老板重视的滋味总比冷落的滋味好受。当然,每当公司有好事的时候,老板也说:"把钟强叫上。"就这样,当别人还在卖苦力的时候,钟强已成了老板的"跟班"和"红人"。

职场上，你没有才华，不聪明不要紧，但你一定要有自己的特长和闪光点，当老板想起要干什么、要做什么的时候，首先想起你，想起你能担当重任。否则，你可能要永远做一名普通的职员，可能永远被埋没。

## 和老板拉近距离

老板和职员，几乎是不可能成为朋友。但是，感情还是可以拉近一些的。

一般的老板，物质上非常丰富，什么都不缺，然而老板也是人，也不是没有弱点。老板有时候也需要被尊重，被关注。平时，很多员工看见老板就躲，有时候是怕被他骂，有时候是敬畏。其实越这样，老板就越觉得你可恶。其实，做老板的往往都很寂寞，有苦说不出，有乐不敢笑。

倪俊在一家电脑公司做了几年。他的老板平日里天南地北地飞，但是过节前后的几天却是个例外，因为他的老板很重视传统的节日。所以，倪俊每年中秋节前一天，用自己的钱买一盒并不贵的月饼，悄悄送到老板的办公室。

其实，老板办公室里什么月饼都有，但是，老板会和倪俊坐下来说说话，聊聊家常，一起吃那小小的一块月饼。

当别人都远远躲着老板或是群发信息的时候，倪俊却用最朴素的方式和老板拉近了距离。每年就这么一次，老板却记住了他一年。

## 你是否"老有所值"

苏离刚进公司时，还是个毛头小伙子，转眼间十五年，他已经"奔四"了。

说实在的，苏离的工作并不出色，除了傻得可爱以外，很难担当大任。他为何不能升迁？因为他有"硬伤"：学历，说话等等，已经不适合公司的新发展。苏离的老板是个整日笑眯眯的老头儿，但很会用人。什么人在他眼里都是"人才"，都有最合适的位置。苏离在老板眼里，已没有新人那样有"可塑性"，他是一个已经"成型"了的人，至于在老板心中成为"啥型"，他当然不知道。可老板每年都忘不了给他加工资，虽然不是最多，但是每年都加。老板为何给他加工资？因为他在公司是入职最早的那个，自然也"最老"。人说，什么老了都值钱，就是人老了可不值钱，但是，苏离的"老"却很值钱，他把"老"字发挥到极致。公司每次有客户来，他都要接待：一是他工作久，客户认识他，他也认识客户。每当客户叫道："天啊，你还在啊？"老板总笑眯眯地看着苏离，他这个时候只会说："公司老板待我不薄，凭我这本事，还能去哪儿呢？"这时，老板的脸笑得像菊花般灿烂。每当上级领导来检查，苏离也要到场，有的领导看见他总会很稀奇地问："这个是谁啊？"这个时候，老板就把苏离的"资历"说一遍，领导会拍着老板的肩头称赞："你公司还有这么老的员工，说明企业很稳定，很和谐嘛！"每年年终，苏离都会被评为"优秀员工"，所以也要上台发言。很多新员工都会说："瞧，我们企业还有这么老的员工，福利待遇真是不错哎。"苏离一般是公司新职员的活教材，活榜样。只有这些时候，苏离感觉自己的价值大于那些经理们。有时候，苏离也痛苦因自己的"硬伤"不能有所发展，可在一个企业，经理能有几个呢？虽然想法消极，但也慢慢释然了。

当别人为加薪拼搏厮杀的时候，为加薪绞尽脑汁的时候，为加薪而不停跳槽的时候，苏离却"倚老卖老"，"坐享其成"！

## 积累人脉，潇洒地远离职场江湖

在职场上，每个人都有一个梦想，最实在的说法是：升官、发财、学技能或知识。在一家企业起码实现一样，如果你一样都没有，那么尽快走人。如果你实在没办法留下了，还有一样东西最值得珍惜——那就是好好地积累人脉。

吴辉是一家展览公司的客户经理，做了很多年已经没有向上发展的空间。吴辉是个很细心的人，他发现客户中，多数是有实力的大公司。吴辉做起事来，非常用心，对这些客户也非常尊重。他知道，只要这些客户中的任何一个人"拉"他一把，他就有自己的事业了。终于，有一个礼品公司的客户成为吴辉的"贵人"，在"贵人"的热心帮助下，吴辉很快开了几家饰品店，生意非常红火。

曲，有高潮低潮；曲，有始有终，曲终人就要散了。

吴辉决定向老板辞职。辞职，也是职场上一个人工作到最后的学问。

老板为吴辉举行了一次"欢送会"，是公司破天荒地第一次为离职的员工举行。默契，是吴辉和老板的共识。欢送会上，老板出钱，同事陪衬，主角却只有吴辉一个。在酒桌前他泪流满面，尽情表演，在别人看来，他喝得酩酊大醉，其实他始终保持着清醒的头脑，每个人面前他只说一句话："没有老板就没有我，无论我走到哪儿，老板永远是我的老板！"

曲终人散的最高境界是：让老板继续开心，让其他人继续羡慕，让自己继续高兴。一切，都皆大欢喜！

职场江湖，有谁，从容打马而过？

# 一头驴子的职场故事

像驴一样勤奋，工作却原地踏步；像驴一样劳累，有时仅仅渴望几声赞美的掌声，落下来的却是皮鞭子，这是很多职场人真实的体验和感受。其实，摆脱驴拉磨的命运，在职场上能够像千里马一样被人赏识并重用，不是不可能，但需要根据自身情况不断地反思和改进。

## 1. 你是否只做一样工作？

寓言一：动物们要举行一场联谊会，领导的秘书狐狸对驴说："你的嗓门儿高，来曲独唱吧。"驴说："我不去，我唱得很难听。"狐狸说："那你去试试做主持人吧。"驴说："我不去，我形象不好。"狐狸说："那你干什么？"驴说："我只拉磨。"狐狸说："好，你就去拉磨吧。"

狐狸指派驴唱歌或做主持人，是看中了它"嗓门高"的优点，而驴却抱着能不做就不做，只要我能拉好磨的心态，一而再地找理由，把机遇推脱了。在公司，不能像驴一样只做一样工作。因为，除了本职工作，公司里的其他事情，只要是有利于工作和公司生活的，都应该尝试着主动去做。要以主人翁的心态对待公司的其他工作，用心去尝试，用心去完善自己。如果什么事都不去关心，什么情况都以本职工作为挡箭牌推脱，久而久之，你就只能原地踏步，在一种工作一个岗位上默默"拉磨"。

## 2. 你是否只耕耘不收获？

寓言二：上级领导老虎下山视察，看到其他动物都在玩，而只有驴在拉磨。老虎顿时赞不绝口地说："有这样勤奋的员工，是我们动物王国的幸事。"领导的秘书狐狸对老虎说："老板，驴很勤奋没错，但是，磨上已经没有东西了，他还在拉磨，这不是制造假象吗？"老虎一看，果真如此，不禁摇头叹息。

驴子的勤劳毋庸置疑，而没有功劳也有"苦劳"的结果，虽然让人不便指责，却让人不禁叹息。在公司，请不要"只问耕耘，不问收获"，你忙不忙碌并不重要，你的老板看重的是你把工作做好了没。与其劳而微功的满负荷工作，不如抽时间静下来思考思考工作的各个环节以提高效率。如果工作没有结果，没有收获，你必须果断改变自己的工作方式。

## 3. 你有没有合作的胸襟？

寓言三：驴和羊去游园。驴发现墙头上有一簇簇青草，非常眼馋。可无论怎么努力，都差那么一点点够不到。驴发现墙角旁有一把梯子，但驴怕搬来梯子后，需要羊帮忙扶着梯子，青草要被羊分吃，于是干叫了几声就放弃了。

驴子吃不到青草，不是他智力不行，也不是它不懂合作的重要，它只是没有合作的胸襟。在公司,总想着单打独斗不行,个人的才智、力量终究有限,要想有一番作为,你需要合作伙伴,甚至需要跟其他部门的同事合作。然而,不是谁都有与人合作的胸襟,正如不是谁都能够成就一番作为,因为与人合伙做工作之前,你需要先在心里与人分享成果.合作既包括工作,也包括分享。

### 4.你是不是公司的保值品?

寓言四:在年终大会上,驴又一次没有被评上"劳模"。驴委屈地向领导的秘书狐狸申冤:"为什么我最勤劳、最辛苦,却年年评不上先进?"狐狸笑着说:"是啊,你拉磨的本领无人能及,可是,我们明年要与时俱进,准备改用机器拉磨了。"

驴子显然没有想过,它想干一辈子的工作,有一天会加快步伐把它给甩了。时代在前进,公司在发展,如果故步自封,不及时学习,跟不上时代的步伐,也跟不上公司发展的脚步,迟早会被淘汰。在公司,做个保值品其实并不难,只要你关注公司的发展方向,及时调整自己的步伐,及时学习新的技能,那么,你不但是一个保值品,还是一个增值品。

作为职场中人,可能大多数都希望成为千里马,受重用,受赏识。然而,辛辛苦苦、兢兢业业,一不留神却发现自己已经被定性为只能拉磨的驴了。解铃还须系铃人,要想摆脱这种状况,就需要把那些阻碍发展的"驴性"给解决掉,只有摆脱了驴的思维模式,超越了驴的行为准则,才有可能脱胎换骨成为千里马。

# 在办公室里养狼

王斑是一家小公司的老总,几经打拼积累了近千万的资产。他想赚更多的钱,却偏偏在事业上遇到了瓶颈,公司业务发展不顺。公司对待员工,福利不薄,薪酬不菲,员工之间也和和睦睦,可为什么公司发展不见起色?他苦思良久,一直没有好的对策。

一天,王斑在公园散步时遇到他的一个客户李欣。李欣牵着一条高大凶猛的狼狗,狼狗的力量把他拽得跟跟跄跄。王斑笑笑说:"你不会弄个宠物狗养养啊,养这么个东西,多费劲!"李欣一本正经地说:"我就是喜欢狼狗的这股狠劲!狼狗不仅让我减肥,还时时提醒我要拉紧手中的绳子。"

王斑看着李欣跌跌撞撞的身影,脑子里灵光一闪。

## 野狼出马

第二天,王斑召开会议,他向大家介绍了一个年轻小伙儿:"这是公司新请来的人力资源部经理叶浪。以后请大家多多支持!"

等王斑介绍完,叶浪开门见山地说:"我的做事风格可能大家不喜欢,不过没关系,你们可以在背后骂我,但是制度一定要落实和执行。"

叶浪上班不到一个星期，便制定出很多新的制度：办公室屏蔽了各大网站，职员只可以上 MSN；上班不能用 QQ；每天下班前两个小时停电等等。制度一出，众人哗然！

"不能上网，怎么找客户？"

"不用 QQ，怎么与客户联系？"

"下班提前两个小时停电，工作还没做完怎么办？"

……

大家推举老职员，也是王斑的堂兄陈川去王斑那里反映问题。王斑听完后竟笑嘻嘻地一一解答："不能上网找客户，就去外面拉客户啊；不能上 QQ 与客户沟通，可以发邮件、打电话啊；提前两个小时停电，我觉得很环保、节能，还提高大家的做事效率啊！"对此，陈川无言以对。

大家只得赶快工作。只是，他们见了叶浪都不搭理，背后里恨恨地叫他"野狼"。野狼一来，办公室没有人再上网聊天，没有人再磨磨蹭蹭，一片忙碌。

王斑经常到办公室视察，可员工们都忙着做自己的事。放在以前，他每到一位员工面前，员工总要和他说说话。而现在，连抬头看他一眼的时间都没有。

王斑心里偷着乐，他明白：公司是和很多老员工一起成长的，在创业初期，团结和谐的氛围立下了汗马功劳。然而，也是这种状态，阻碍了公司的发展，办事效率慢，人员拖沓散漫，就像一只只低头吃草的"羊"，知足，没有理想。放一匹"狼"进来，打破了这里的安静、和谐，提高了"羊群"的质量。

月底，报表出来后，业务量竟比上个月增加了三分之一！王斑暗自偷笑：看来，自己的这一招，真的很有效。

## "色狼"来了

但是,叶浪也遇到了烦心事,他向王斑汇报:"办公室的女职员太爱美了,不穿职业装也就算了,居然穿起了吊带装、露背装,严重影响公司形象,得想办法管管。"

王斑点上一支烟,凝思片刻,说:"嗯,得管管这帮'白骨精'。"

很快,公司又来了一位新人。王斑向大家介绍:"这是吴德,是公司的巡视员,主要是巡视公司不良现象,并予以惩处。"大家一看,吴德瘦高个、尖下巴、眯眯眼,一副猥琐样。大家心里暗自嘀咕:这个巡视员自己就有损公司形象。

第二天早上,吴德早早站在办公室门口,见一个人打一声招呼。公司文秘小碧穿了一件性感的吊带衫来公司,吴德一见,眼光放亮,张开大嘴,露出发黄的牙齿,大声赞叹:"哎哟,真是性感!你看看这小胳膊多嫩,你看看这皮肤多白。"小碧刚开始还很得意,可越听越感觉不对味,见吴德色眯眯的样儿,小碧赶紧穿上披肩,遮住香肩。不一会儿,公关张美人驾到,她的超短裙下,一副美腿晃得人眼晕。吴德扶扶眼镜,幽幽地说:"张美人啊,你今天真是青春靓丽。"张美人听后一阵媚笑。吴德接着说:"我看你的腿上好像有个包,是不是蚊子叮的?还有啊,你腿上那颗黑痣可不好看,如果能点掉就漂亮了。"吴德这几句话,吓得张美人花颜失色,第二天就穿了职业装来上班。

"色狼"吴德对付这帮"白骨精"还真有一套,动口、动眼、不动手。没多久,办公室里的美眉们败下阵来,乖乖穿上了职业装。

## 头狼驾到

公司按照王斑的设想,逐渐走上预定的轨道。但是,"野狼"只是把平静打乱,并没有形成一股前进的动力。如何让办公室的"羊群"彻底变成"群狼"呢?

不久,王斑把一位新来的副总老罗介绍给大家。罗副总是一位严肃、干劲十足的老头儿,干起活儿来,比年轻人还卖力,据说先前是某著名私企的副总。

罗副总总是喜欢吊大家的胃口,他有一个特别的管理方式是"领工作任务":每个部门的管理者,每周一上午都要去他那里领取六项到二十项不等的工作任务。你领的工作任务越多,完成得越好,月底,部门就能得到更多的奖金和回报。丰厚的奖励相当诱惑人,但任务不是轻轻松松就能完成的,一刻都不能松懈。

王斑请来的这匹头狼还真是实力派。

## 做好狼王

王斑知道,"养狼"虽好,但更要善待"羊"。因为,"狼"的胃口太大,无拘无束,如果把握不好,会把公司搞得人心惶惶。那些跟着他打江山的老员工,个个忠心耿耿。公司需要像"狼"一样勇往直前的员工,也需要脚踏实地、温顺如"羊"的员工。

每当有跟不上公司发展的一线老员工,被"野狼"、"头狼"惩处警告后,王斑便采取不降薪不降职的措施,把他们安排到更合适的岗位上。这些老员工被王斑另委重任,更加任劳任怨,工作热情一点儿不比那些冲在一线的员工差。

前方有"狼"向前冲,后方有"羊"守着家。"养狼"计划大功告成!今后,王斑只要做好狼王就行了。

第六辑

讨厌你的口水

## 小声说话的力量

小时候，很羡慕那些讲话大胆而又大声的孩子。因为在小伙伴们当中，谁的声音大，谁就可以当"大哥"；上学的课堂上朗读课文，谁的声音大，老师就让谁起来领着全班同学读。从那个时候我就知道，声音大是一件好事。但我却是一个说话很小声的人，那时人家都叫我"女孩子"。我讨厌人家把我看成女孩子，总想自己有一天说话能够大声点，再大声一点儿，可慢慢地，我觉着说话小声点也挺好。

邻居家的大婶是个很强悍的女人，一遇点儿事就对着大叔大声吵嚷。大叔刚开始还回几句，最后就不出声了。遇到这种女人，他不能笑也不能哭，只能躲。而大婶吵完了还很得意的样子。一次，我实在看不下去了，走过去对着大婶小声地说："你能不能小声一点儿？别让左邻右舍看你笑话。"大婶嘴巴一撇说："你个小屁孩，连说话都这么小声，哪来的胆子管人家的闲事？去去去！"我还是小声地对她说："你能不能小声一点？你以为你声音大，大叔就怕你了吗？"大婶不高兴了，大声说："你以为你是谁啊？快给我滚！"我没有滚，我觉得大婶恼了最多打我一顿，于是我依然小声地对她说："如果大叔声音比你还大，能对你有用吗？"大婶一下愣了，脸一红说："去去去，你个小屁孩懂啥。"之后，我很少听到大婶对大叔大声吵嚷了。有一次我听到大婶对母亲说："你这娃，别看他说话细声细气的，但做事很稳，将来是做大事的料！"我听了非常高兴，没想到说话小声，也是很有用处的。

去市场买菜时，市场上有一位大哥，身材魁梧，嗓门儿也高。经常喊着"卖菜卖菜，新鲜的菜，快来买啊"。可是看热闹的多，买的少。有时候我过去买菜，他把菜递给我的时候说："小弟，你能不能大声说话，我听不见。"我笑笑说："大哥，你能不能小声儿一点呢，我觉得刺耳。"他说："我大声惯了，从小就这样，改不了。还有，做生意你不大声点，人家觉得你的菜有问题不敢买呢！北方人嘛，大声点，人家听着豪爽！"我说："小声一点儿，起码人家觉得你没有恶意，听着舒服。"大哥说："你是和我抬杠来的？"我说："你看，我说话你都听不见，哪敢跟你抬杠呢？"大哥哈哈大笑，说："还是你行，第一个提醒我要小声一点儿的人。你的好意，我领了。"以后，大哥改变了平时大声叫卖的习惯，有时候听着声音还很硬，但比以前小声多了。一次，我去他那儿买菜，他小声对我说："谢谢你啊，我的生意比以前好了很多呢。有时候小声一点儿，也挺好的……"

最让我长见识的是参加一个谈判会。甲方一看就知道是个少年得志、一帆风顺的年轻人。他一开口，便气势如虹，滔滔不绝。乙方是个女孩，她神情淡定，开口时声音不大，却如针尖般锐利，字字击中对方要害；声音不高，却让人感觉犹如小雨由远及近而来，慢慢渗透下去。会议室里鸦雀无声，个个伸直了脖子倾听。结果可想而知，年轻人膨胀的信心，竟如皮球被针尖轻轻刺了一下，顿时干瘪下来。

原来，小声说话的力量，竟是一种上乘的柔韧。

## 邻居花黛的生活

和花黛做邻居，是一件很舒服很幸运的事。无论大事小事，都能从花黛那里得到启发。

我家和花黛家里的摆设基本上都是一样，她家买啥物件，我家也要添一件，因为女友觉得花黛眼光不赖。

一次，花黛家里买了一套别致的沙发，女友也跟风买了一套，只是颜色略有不同。新沙发，当然就要撕去所有的包装，让崭新的沙发在客厅里亮堂起来。女友没事就躺在柔软的大沙发里翻滚一番，舒服至极。而花黛却和女友的做法不一样，花黛先去市场转悠了几次，买回几块青花瓷颜色的窗花布，覆盖沙发靠背，再买几团毛线，花了大半月的功夫，用手织了几块柔软的坐垫，铺在沙发上。这样的搭配显然遮住了沙发的鲜亮，但不难看，还别有一番情调。客人见了多半惊叹，有的还请教花黛如何淘得这小小点缀之物。

沙发不就是图个新鲜？把鲜亮的沙发遮盖起来就像个"二手沙发"，别扭。女友第一次觉得花黛家的沙发搞得"老土"。

可一年后，两家的沙发见真晓：我家的沙发光鲜不再，边角磨损、缝隙积尘，越看越不顺眼，最后就淘汰了。而花黛家里的沙发，一年后揭去窗花布和手工垫，那沙发崭新如昨。女友眼睛直了，她这才醒悟：妹要的是好看和新鲜，姐要的是实在和内涵。

花黛比女友大了十几岁。外出逛街，大家都看不出花黛和女友有那么大的差距，很多人称"姐妹花"。其实，花黛从不去美容院。她说，什么都"化学"了不好。她的美容就是青瓜敷脸，所以无论夏天冬天，花黛家里最不缺少的就是青瓜。花黛平日里也多食粗茶淡饭，她说这样上下通畅，少生暗疮。但谁会想到，这样一个素颜朝天的人，有一天却掀起惊涛骇浪。

一日，花黛应邀参加一个聚会。宴会上，女孩们争妍斗奇，性感时尚。可花黛一出场，男孩尖叫，女孩惊叹！花黛穿一袭淡紫色的长裙，腰间配一条白色的小腰带，脚下蹬一对浅草绿的清凉高跟鞋，迎面款款而来，宛若夏荷初露，顿觉一室清凉！花黛还在大家尖叫中唱了一曲《枉凝眉》，甜美的嗓音迷倒众人！

这就是传说中的姐吗——姐真是神采飞扬！

花黛老公知晓后，站在花黛面前左看右看，良久惊叹道："都说外边风光晴好，但真不知家中藏宝啊！"花黛指着老公脑门嗔道："你总算明白了！"

很多女人，年轻时拼命包装，年纪大时整日里感觉慌张。花黛说，年轻就是花儿，不用包装，就已经美得无法躲藏了。但是，年纪大了也不用慌里慌张，只要用心，就会踏实，就会有磁场、有气场。

原来，妹要的是包装，姐修的是素养。

## 讨厌你的口水

讨厌一个人和喜欢一个人有异曲同工之处，往往不是对方有多大的缺点和优点，而是往往从一个眼神、一个说话的语调或者是一个小小的口水引起的。

公司来了一位"海龟"新人邦妮，据说是从热情似火的美国加州来。邦妮好客热情，对公司的人都像家人那样亲，并且，说话特带劲。可一个月过去了，邦妮的热情并没有得到公司同事的呼应。是什么原因呢？原来，邦妮和人说话有个特点，总是贴着你说话，几乎是贴着脸了。邦妮虽然没有口臭，没有吃大葱、大蒜，但是你和她说话时不得不从她身边"弹开"。因为邦妮说话快，有激情，唾沫星四处飞溅。即使你不自主地向后退一小步，提示她靠得太近了，邦妮也好像视而不见似的跟上一步来，如是三番，话痨一般。于是，跟邦妮说过一次话的人，都不愿和她说第二次话。邦妮看到大家都躲着她，却不知道是什么原因。

苏小珊是公司有名的网购狂，小到饰品，大到家电，每天都有快递员来来去去，忙得不亦乐乎。苏小珊说，白天没时间逛街，就在网上溜达溜达吧。苏小珊最喜欢某快递公司的那个帅小伙，收发快递都要他来，都快成了"御用"的了。帅小伙真是喜人，一到公司门口，拖着好听的尾音说："亲，有你的快递哈！"苏小珊就像一只欢呼雀跃的鸟儿一样飞出去。可是，最近快递公司换了一位大叔，让小珊高兴不起来。这位大叔到门口也不叫苏小珊，直接把苏小珊的快递拿到办公室，扬着手喊："苏小珊，谁叫苏小珊？快递！"洪亮的声音让办公室人都抬起头看苏小珊，让苏小珊直发毛。有时候大叔拿着苏小珊的快递说："苏小珊，你每天都买那么多东西，不花钱啊？""苏小珊，买这些破玩意儿还不如给你爹妈邮点钱回家……"

"真是口水多过茶！"大叔的谆谆教导却让苏小珊烦闷不已，当她打电话到快递公司确认那个帅小伙辞职了以后，果断换了另一家快递公司。

师妹前几天相亲去了，听说对方虽然不是"富二代"，但条件很不错，人高高大大，形象俊朗，而且老爸是市里的一个局长。师妹回来后也很满意，不久便与那男孩成双成对出入。我们都替师妹高兴。可没过多久，师妹就和那男孩分手了。我们追问师妹为什么要分手？师妹不说。我们好奇，终于打探到师妹甩人家的原因。原来，那男孩看电视的时候很专注，看着看着就张大了嘴巴，过了没多久就开始流口水了。师妹还以为那男孩只是偶然，于是又和他看了几场电影，男孩一边看一边张大了嘴巴。师妹痛下决心找了个理由就和男孩分手了。她转身的时候，留下了那个男孩一头雾水地望着她的背影，傻傻站在那里张大了嘴巴，流了一地口水。真可怜，男孩都不知道咋被甩的。

生活中，当你莫名其妙地被人晾起来，晒起来的时候，不妨停下来找找原因。如果找不到，不妨向你的闺蜜或者朋友问问，你有哪些令人讨厌的口水……

## 少说对不起,多说没关系

我见过很多老板,觉得老板无非就是"钱多"。然而,他是个例外,他就是我的老板,也是我非常尊敬的一个人。说起他的成功之道,他没有给我讲他的奋斗史、辉煌史,却给我讲了这样一个故事:

他少时调皮任性,不仅上房揭瓦,甚至偷鸡摸狗。他犯的错,总是由母亲来背。母亲今天给这家道歉,明天给那家赔钱。母亲为他犯的错,一次次和人家说"对不起",直到人家哀叹一声"没关系啦",母亲才如释重负。有时候他惹的祸,不仅仅是道歉赔钱的事,但母亲总是想尽办法为他化解。每当母亲疲惫地回来,他还学母亲和人家道歉的样子说:"对不起啦。"可母亲对他犯的错,从来不问为什么,只是淡淡地说:"没关系啦"。

上中学,他更加不懂事。他逃课、打架、早恋,没让母亲安心过。这种状况一直持续到他高中毕业,他不想复读,想去南方打工。当他收拾行囊准备离开家的时候,母亲在门口叫住他说:"儿啊,从今天开始,你不能再说'对不起'了,'对不起'只能对父母说而不能对其他人说,以后你要多说'没关系',只要你学会了说'没关系'才会长大。"

母亲的话让他隐隐作痛,泪流满面。这么多年来,一句"对不起"让自己多么轻松，而母亲的一句"没关系"则让她承受了多少伤痛和折磨，他一下子全明白了。

在打工的日子，只要同事叫他做什么，哪怕是捉弄他，他都会去做。他的勤快和真诚，渐渐赢得了别人的好感，当那些捉弄他的人和他说"对不起"时，他却大大咧咧说句："没关系""真的没关系"。

几年以后，他从员工做到经理。作为一个部门的"老大"，他不强势，很平民，可他部门所创造的效益总是全公司最好的，他管理的部门也是最好的。一次表彰大会，老板让他分享一下经验，他说，经验只有一个，就是当你的下属犯了错你啥也不用做，就拍拍犯错下属的肩头说一句"没关系"，其余的由我来担当就行了。他的一句"没关系"赢得了满堂彩！是的，他的那句"没关系"是多么包容甚至纵容，让他的下属既有压力又有动力，那么谁还吊儿郎当不把错误和损失改过来找回来？谁还不付出几倍的认真和努力去感恩？

再后来，他自己开了一家公司。刚起步也很艰难，很多人瞧不起他、诋毁他、甚至拆他的台。他不仅对自己说"没关系"，也对那些伤害过他的人说"没关系"。由于他的不计较，不记仇，那些伤害过他的人也渐渐成了他的伙伴和朋友。

他还和我说了很多关于"对不起"和"没关系"的良言金句，例如：说一句"对不起"则会让自己的心灵多一份内疚和沉重，而说一句"没关系"则多了一份快乐和轻松；"对不起"对一个人最多说上一两次，说多了不仅得不到原谅而且会让人失望，而"没关系"可以对一个人说十遍也没关系⋯⋯

在生活和工作中，少说"对不起"，多说"没关系"，这也许就是你的成功之道。

## 顾客是二弟

人都说顾客是上帝,顾客自然就被戴上了最高的"高帽"。然而,我们心中那个上帝,应该是仁慈的、善良的、和蔼的、可亲的。但是,现实生活中的顾客上帝,却时常找你的麻烦,让人感到头痛、无奈。也有人说,顾客是更接近"皇帝",因为皇帝高高在上,喜怒无常,蛮不讲理。无论是上帝还是皇帝,自然都惹不起。

然而,刷新我观念的是在一家小超市。我上班的第一天,老板就对我说,顾客不是上帝,也不是皇帝,是我家的"二弟"啊,你可要好好帮我照顾好了。我瞪大了眼,傻在那里。还有这等叫法?之后我才发现,那里的员工私下都习惯把顾客当成"二弟"。

经过一段时间的观察,的确,顾客果真像老板说的像"二弟"那样形象和贴切。

"二弟"一般是家里最宠的那个,所以爱撒脾气,顾客和"二弟"的脾气一样,凡事喜欢嚷嚷、投诉。上班的第二天,就有一位顾客扯开嗓门儿喊,你看看,你看看,这收银台队伍排得那么长,也不多叫几个人来加班,怎么做事的?你们经理呢?你们老板呢?叫他们来,我要投诉!我一看,排队的人并不是很多,她前面只有四五个人。我们收银工作可比银行的速度快十倍呢!我没搭理她。

但领班此时气喘吁吁跑过来，点头哈腰，笑成九十岁奶奶的菊花脸。他边向顾客解释，边呵斥收银员，不一会儿，顾客笑着说，这还不错，水平不咋样，但态度很好。顾客一走，我问领班，你咋这样卑躬屈膝呢？领班笑笑说，"二弟"就是喜欢撒撒脾气，撒完脾气就好了，我们就是"二弟"的"出气筒"。

"二弟"一般是家里最疼的那个，所以爱占点小便宜，顾客和"二弟"一样的心理。超市里的菜，上架之前，都是捆绑得好好的，但是，顾客一阵挑选过后，菜架上只剩下残帮剩叶；而鲜活的青菜，都精神抖擞地跟着顾客回家了。服务员张大姐默默收拾好那些残帮剩叶，一副见怪不怪的神情，一点儿也不烦恼。我问张大姐，怎么不说说那些顾客呢，这么不文明？张大姐淡定地说，菜的价格已经算上消耗的了，顾客就爱占个小便宜，占个小便宜能带个好心情回去，蛮不错的。我无语。

"二弟"一般也是家里最聪明的那个，所以爱耍点小诡计，顾客和"二弟"一样爱耍心眼儿。退货是经常有的，有的的确是因产品质量问题，也有顾客买回去又不想要了或者是自己搞坏了，之后拿回来说是产品有问题。一次，一位顾客把买了几天的玩具送回来，说了玩具的一大堆缺点，最后还说设计有问题，要求退货。接待他的是玩具柜台的主管，他对玩具的性能非常了解。我想主管肯定会反驳顾客，甚至羞辱顾客一番，然而主管装傻充愣一般对顾客点头称是，最后竟大赞顾客的知识专业、学识渊博，并及时给顾客更换了玩具，还送顾客的儿子一个小玩具，顾客十分满意地走了。我问主管为什么不当面揭穿顾客呢？主管说，让顾客感觉自己越聪明，他自然就越卖力帮助你。

顾客不是上帝不是皇帝，顾客就是咱家的"二弟"，亲不亲，还都是一家人呢。

## 欢迎光临

　　我喜欢上街头拐角这家面包店可不是一天两天的事了，而是整整十年了。

　　来这里，不仅是面包的味道好，而是一种习惯。我习惯了面包店老板夫妻的不出声，却很懂我要买什么味道的面包，用多大的袋子装，赶时间还是不赶时间。我的一个微笑，一个眼神，在一进门时这对夫妻就知道了。

　　"欢迎光临！"在某一天早上，一位窈窕美女站在面包店门口朝我鞠了一个躬，软绵绵的声音竟吓了我一跳。

　　"换老板了？"我第一反应。

　　"换老板了。"美女笑盈盈。

　　"欢迎光临！请问吃哪种口味的面包？"

　　"哦，肉松包，来三个。"我木讷地说。

　　"要不要试试其他口味的面包？"

　　"不用了。"

　　"这款买二送一，要不要试一下？"

　　"不用了，我习惯吃肉松包，我们一家人都喜欢吃。"

　　回家试了一下肉松包，嗯，味道还是那个味道。老板换了，师傅没换。

下次再去,美女好像不认识我,还是轮番把面包店的各种面包介绍给我,我还是买了三个肉松包回去。以后,无论我去多少次面包店,那位美女总是喊一句"欢迎光临",之后介绍我其他口味的面包。服务真是非常的周到,但却让我不胜其烦。她只知道喊"欢迎光临",并不记得我的口味,也不关心我有什么习惯,有一种说不上来的不舒服的感觉,于是我不再去那里买面包了。

有一次偶然路过那家面包店门口,本想快步走过。突然听到"叮咚"一声,还有一句"欢迎光临",我抬头一看,没有什么人啊。突然见那家面包店不知啥时候装修升级,变得富丽堂皇。

原来喊"欢迎光临"的美女换成了电子语音。

"肯定又换了一个老板!"我心里嘀咕。

"嗯,还是那个味道,师傅没换。"好奇心驱使我走进去,买了一个肉松面包试了试。

我拿了三个肉松包,收银的靓女头也不抬地把三个面包装了一个小袋子。

"靓女,袋子有点儿小啊,来个大点的袋子装。"

"没事,你看这不就装下了?"靓女用手压了压面包,面包瞬间缩了下去。

"嗯,是装下了,但是扁了。"我嘀咕。

"嗯,大袋子2毛钱,小袋子1毛钱,要不?"

"哦哦哦……"我哭笑不得。

"嗯,下次我给你换个大点的。"靓女收了钱,还是没抬头。

再去买面包,还是"欢迎光临"的语音电子招呼我。柜台前收银的还是那位靓女,头也不抬地收钱。三个面包她还是用了一个小袋子,她又压了压。我去了几次,靓女都是同样的动作,她根本就不记得她之前曾承诺我换大一点儿的袋子装。

心里很不舒服那位靓女每次用手压面包,好久没去了。

过了一段时间,嘴巴馋了,于是又去买面包。

这次,我学精了一点儿,我怕她把面包压扁,我买了一个肉松包,付钱出了门我又回头买了一个,如是三次,买了三个肉松包,用了三个袋子装。靓女始终埋头收钱,并没看到我是谁。这样,我用三个袋子,装了三个面包……

# 什么让我们变得恶毒

一次去旅游，经常去的那家小店，原来 100 元的双人房突然就飙升到 300 元。"你们怎么说涨就涨呢？以前不都是 100 元的吗？"大家和老板论理。"以前是淡季，现在是旺季。"老板忙自己的事情，懒得理我们。"你怎么这么不讲信用？"大家继续质问。"讲信用？你们提前问价了吗？打招呼了吗？"老板剜了我们一眼。"涨价也不可能涨几倍吧？""你们爱住不住，反正就是这个价。"

理论无果，又找不到合适的地方，大家气哼哼地入住了。一进到房间就把房间所有的灯还有空调都打开。虽然是大白天，天气也不冷。这样做的目的，无非是既然你收了我们这么多钱，我们就"使劲浪费"。

还没完，晚上洗澡的时候把水开到最大，洗完后一直开着；虽然自己带了毛巾，还是把卫浴间里的毛巾扔在地上弄脏，让他们花钱再去干洗一次；去趟厕所，卫生纸拽了几米长，可劲用；走的时候，还把桌上没喝过的茶包，厕所一次性的用品，撕烂，统统丢到垃圾桶里去。

"王八蛋，谁让你这么黑？"最后，大家拍拍手，轻松了好多。我想，假如老板看到我们的所作所为一定也会骂："这群王八蛋！"

一次，朋友请吃饭，一下团购了八个人的火锅票。到吃饭的时候，只来了四个人。上菜前，朋友觉得点了那么多有点儿浪费，就和大厅部长商量："部长，你看我们才来了四位，能不能退一点儿？"部长很高兴地说："嗯，四个人吃八个人的分量的确有点儿浪费，我们可以少上一点儿。"朋友觉得部长没明白他的意思，于是说："我的意思是能不能退四个人的钱给我？"部长这回收了笑容："不退钱。"朋友接着再和部长商量："你看这样行不行，八个人的分量你上四个人分量，另外四个人分量你不用上，到时候退两个人的钱给我就行了，下次我们还会来光顾的。"部长很坚决地说："不行，你们团购了我没办法改规则。"朋友看到退钱无望，于是说："全拿上来吧。"朋友和大家气呼呼地吃。买单的时候，朋友当着部长面，把吃不完，一动没动的菜全部倒进了火锅里。意思是："既然你不仁，也别怪我不义了。"部长看了一眼，也许是见怪不怪，熟视无睹一般离开了，但她的眼神透露着一种不快。一顿饭吃了一身气，大家都不爽。

生活中，类似的现象比比皆是。当我们满心欢喜的时候，被人浇了一头冷水；当我们心灵柔软的时候，遇到了铁石心肠。然而，当我们回过头时，却发现自己的所作所为，自以为是的"聪明"又是那么"恶毒"。

掩面沉思：是什么让他们变得如此之"坏"？是谁又让我们变得如此"恶毒"？我们该从什么地方找到答案？

# 一条被奢侈死的狗

老王的狗——大黄死了，不声不响就死了。

"是谁这么狠心害死了我的狗呢？我要报仇！"老王伤心欲绝，却找不出原因来。

老王不甘心，于是就报了警。

警察来到后查了半天也没弄明白大黄是怎么死的。

警察："老王，你这条狗今天独自出去过吗？"

老王："这狗哪里也没去，一直跟着我呢。"

警察："你去哪里了？"

老王有点儿生气："我去哪里和这有关系吗？我又不会害我的狗。"

警察："你得仔细想想，或许有助于破案。"

老王沉思了一会儿说："我带着我的狗今天中午去了同仁山庄吃饭。"

警察："你吃饭的时候发现有什么异常？"

老王："没有发现什么异常。"

老王想了想又说："不过山庄吃饭的服务员说，今天来的这帮客人很奇怪。"

警察:"有什么奇怪?"

老王:"听服务员说,这帮人看上去是当大官的,但是这帮人好像很廉洁,桌上只点了一点儿家常菜。"

警察:"这有什么奇怪的?现在都提倡节俭。"

老王:"这个服务员还告诉我说,这些人不喝酒,只喝自带的矿泉水。"

警察:"喝自带的矿泉水?真是有意思,矿泉水还自带。"

老王:"当时那帮人离我很近,我看了一下他们饭桌上的菜都很普通,那帮人每人手里都有一瓶矿泉水,他们吃一点儿菜,就喝一口矿泉水。"

警察:"那帮人还不错,不奢侈。"

老王:"那帮人吃了很短的时间,一会儿就走了。"

警察:"你等于白说。"

老王:"还没讲完呢。那帮人走了以后,一个矿泉水瓶掉在了地上,我那只大黄就屁颠屁颠跑了过去,闻一闻,用舌头舔了一下矿泉水瓶里的水,就咬住瓶口,一仰脖就把那小半瓶矿泉水喝了下去。"

警察:"估计那矿泉水很甜。"

老王:"好像是很好喝吧,大黄喝完了汪汪叫了几声还想要喝的样子。我就把他们剩下的矿泉水瓶里的水都倒到一个小盆里给大黄喝。"

警察:"狗也知道矿泉水比普通水好喝。那还有呢?"

老王:"没了。"

警察:"没了?"

老王:"大黄回家后不久便死了。"

警察:"你去把那个矿水瓶拿几个来我看看。"

老王急忙去同仁山庄找回了那几个矿泉水瓶。

警察说:"我们先拿回去化验一下,有结果了再通知你。"

几天后，警察来告诉老王：大黄是酒精中毒而死。

老王不明白："酒精中毒而死？为什么呢？"

警察说："矿泉水瓶里装的不是水，而是一种无色的名贵酒。"

老王恍然大悟：一个普通的矿泉水瓶里，竟藏着不被外人知道的秘密。

原来，大黄不是被谋杀死的，而是被奢侈死的……

# 美好的底线

我要到一个住在城乡交界的朋友家去,可惜路上有事耽误了,下车的时候已经没有去那里的班车了。手机又没有电。我正在东张西望时,突然发现有几个揽客的摩托仔正在昏黄的路灯下打牌。我招呼了一下,他们同时发动摩托车,轰鸣而来。

"去二里湾吗?"我问。

"去去去⋯⋯"他们一起答道。他们踩着摩托车油门,向前互相挤着。

"多少钱?"

"二十元!"他们异口同声。

"十元去不去?"我以前白天也坐过摩的,十元钱都争着去。

"切——!"拉客仔听到我的报价,连还价都没有,一哄而散。

很快,他们在昏黄的路灯下又打起牌来,好像什么事都没发生过。

平时我觉得拉客仔不容易,早出晚归,风里雨里的,挺同情他们。可是,他们宁肯打牌,也不做生意,我有点儿鄙视他们。

"今天倒霉,走路吧。"我想。可走路差不多要一个小时,天黑路滑的。但我又不好意思再去求他们,我也是一个要脸面的人。

正当我不知如何是好的时候,一个拉客仔从远处过来,停在我的身边。

"姑娘,去哪里?"

"二里湾。十元去吗?"我突然有了希望,但又不愿意主动加价。

"这……"他有点儿为难,但很快又说"好吧,我拉你去。"他提起我的包放在他的摩托车上。

"十元你也去?"我有点儿不相信。对于冷淡的人我倒觉得不害怕,对于特别热情的人我特别提防。

"去啊!我说十元就十元,不会骗你的。"他一边把我的包绑在摩托车上,一边笑呵呵地说。

其他摩托车仔不去,他为什么去?我犹豫着。

"姑娘,上车吧?我又不是什么坏人。"

我仔细看了看他的脸,的确看他不像坏人,但憨厚的脸更加难以琢磨。可是我能怎么样啊,这前不着村后不着店的。

"上就上呗,我还怕你是坏人不成?"我给自己壮了一下胆,坐上了他的摩托车。

"傻瓜,看见美女连钱都不赚了,白送……"我听见那些打牌的拉客仔在起哄。

"别人不去,你为什么要拉我去?"路上,我问他。

"二里湾那边正修路,最近不好走,来回十元刚刚够本。"

"为什么白天大家都争着去呢?"我不解地问。

"因为白天有回头客啊,要赚都是赚回头客的那一半钱,这是拉客的底线。没钱赚,甚至倒贴钱的生意谁做啊?"

"这么说,你没钱赚还要做我的生意啊!"

"唉,生活艰难,生意难做!我是在赌一把运气,如果送你到二里湾,恰巧能碰上个和你一样的回头客,我不就赚十元钱了?赌一把运气,总比赌一把扑克牌好吧?呵呵。"

哦，原来如此。听到他这句话，我这才把悬着的心放下来。

"如果赌不到怎么办啊？这趟你不就白做了？"

"我赌不到，十元钱起码够本，不亏；如果赌到了就可以赚十元钱；如果今天没有回头客，明天也许会有的。做事就这么简单。"他说。我觉得这个摩托车师傅想法不错，会做生意。

晚上坐车特别快，一会儿就到了。我拿出二十元塞给他。

"不要，不要，我说过十元拉你过来的。"他说。

"钱不多，起码你赚到你应该赚到的钱。"我说。

"不要，不要，你以后遇着我的时候，记得搭我的车就算帮我了。"他推辞着。

"兄弟，兄弟，回三里桥吗？"正在此时，一位中年男人气喘吁吁地跑过来。

"你看你看，我的运气多好，让我赌上了。"他笑了，我也笑了。那中年男人上了他的摩托车，他一踩油门，走了。

我站在原地傻傻地呆了一会儿，我在想：就这么一件小事，对于我来说，我的底线是"面子"，宁肯走路也不妥协、让步；对于那帮拉客仔来说，二十元是他们的底线，赚不到钱的事坚决不做；对于他来说，今晚或是明晚，坚信能够遇上一个回头客，就是他最美好的底线了……

我望着他远去的背影，心如摩托车的灯光一样温暖。

## 一个微笑定乾坤

海边，脚下是柔柔的细沙，耳边是低声细语的海浪，额前是微微的海风拂面，一位美女一手翻杂志，一手端着杯Costa咖啡，露出恬静的笑容。老公和孩子在海滩上追逐、嬉戏。

也许你会觉得这是一位美女和她的家人在海边度假，正享受着美好时光。其实不然，这是英国人米歇尔一家人正在工作，为一家广告公司拍广告。

### 坚持微笑：让拍广告成为最轻松的职业

当模特儿、拍广告，无疑是一份既轻松又赚钱，但也蛮辛苦的工作。不过米歇尔一家人经常过着这种"面朝大海，春暖花开"的日子。这一切，都源于米歇尔的丈夫菲利普斯的远见和执着。

菲利普斯今年42岁，他外表俊朗，有着贝克汉姆一样迷人的微笑，单从照片上看不出他有这么"高龄"。

菲利普斯自从16岁开始就踏上广告模特儿这一行。广告模特儿在外人看来很光鲜，其实更多时候很心酸，每天走秀并不能赚到很多钱，有时候还会为温饱奔波，那些出人头地的名模毕竟很少。入行前几年,菲利普斯并没有赚到多少钱,也没有走红,他也一度想放弃这个职业。偶然的一个机会,他遇到了同为广告模特儿的米歇尔,对她一见倾心。米歇尔对帅气阳光的菲利普斯也有好感,于是两个人很快走到了一起。

有一次,菲利普斯接到一个广告公司邀请,要拍以微笑为主的广告。在广告公司的精心策划下,他从不同角度去拍摄"微笑"的状态,在拍摄的过程中让他也真正体会到快乐,由于他的倾情演绎,最终大获成功。广告公司付给他的费用是之前的几倍。

这次成功,让菲利普斯非常开心,但他更多的是思考:这样既轻松又赚钱的工作,何不走下去?菲利普斯开始有意多拍"微笑"题材的广告,加上之前广告的成功,他得到了很多广告公司的青睐,于是请他专门拍以"微笑"为主题广告的公司越来越多。他还把米歇尔也拉来,和他一起拍类似的广告。

## 抱团工作:从一个人到一家人共同出镜

菲利普斯和米歇尔共有4名子女,最大的男孩路易今年15岁,最小的女儿埃薇今年只有1岁。孩子们都继承了菲利普斯和米歇尔的"优质"基因,一个个都有着俊朗的外表和迷人的微笑。今年15岁的路易可谓从小就受到父母的影响,长期跟随父母走南闯北拍摄广告。他天生就是一个广告胚子,他与妈妈米歇尔相拥在海边沙滩上的广告,温馨感人;他与父亲菲利普斯在海中嬉戏的照片,天真烂漫。只要出镜,路易就会让广告拍得出彩!5岁的卢卡和3岁的科比是一对"小帅哥",他们的组合更是一对"黄金搭档"。他们穿上白T恤和浅蓝色牛仔外套,显得亲密温馨、可爱而又英气逼人;在一个为抵押企业做的广告代言中,正处于妊娠期的米歇尔露出自己突出的腹部,这让尚在母亲腹中的埃薇也开始"出镜"了。

## 拍广告，让菲利普斯一家人其乐融融，快乐无比

有时候，广告公司会单独请菲利普斯家其中的一个人或者两个人去拍广告，有时还会请其他人做搭档。但菲利普斯更倾向他们一家人去拍广告。他觉得家里的每个人都符合上镜要求，每个人都很乐意参与广告的制作，而最关键的是一家人在拍广告的时候有默契感，拍出的效果更独特、更自然。这是他们一家人最大的优势，也是不可复制的地方。很多广告公司听了他的建议，改变了拍摄方式，让他们一家人齐上镜，于是拍出了更多满意的广告。菲利普斯一家人代言的广告涉及领域广泛，从食品到高级轿车，从连锁超市到旅游度假，包括迪斯尼、梅赛德斯、吉百利、奥迪等多个知名品牌和企业。他们常常"露脸"于英国的各大报纸和杂志，可谓家喻户晓。如今，菲利普斯一家与英国一家知名的模特儿经纪公司长期签约。

## 现实未来：赚钱、旅游、享受三不误

很多人的梦想是：拼命工作，拼命赚钱，赚到钱以后去旅游，去享受，而菲利普斯一家人，非常轻松地一次性实现了这个目标。

为拍摄广告，菲利普斯一家的足迹遍布很多国家，他们去由1200余个小珊瑚岛屿组成，被誉为"上帝抛洒人间的项链"的度假天堂——马尔代夫；到过犹如一颗晶莹的珍珠闪烁在碧波荡漾的加勒比海上的巴巴多斯岛；还到过荷兰、奥地利、法国、西班牙等各具特色的旅游胜地饱览风景，放飞心情。菲利普斯说："这（拍广告）是世界上最轻松的工作……我和家人（借此机会）到过世界上一些最美丽的地方，享受着这份工作的每个部分……"

然而，菲利普斯并非目光短浅之人，在享受生活给他们一家带来欢乐的同时，他有更长远的打算和计划：多赚钱，才能让自己的家人生活得更好。他说："容颜易老，现在我们就是让自己过得开心。作为父母，我们希望给孩子们最棒的开始以及有金钱保障的未来……我们赚钱是为了孩子们的将来。"

# 一周一份工作

职场人大多数时候都"亚历山大"。

怎样的工作才是最爽的?有人说,想做就做,不想做就换工作,这样的工作才最爽。接着就会有人说,这简直是痴人说梦!哪有这样的工作?可别说,这世界上真有这样的人,一周换一份工作。

保罗·西摩是澳大利亚人,现年25岁,曾住在布里斯班。他毕业后就职于一家职介机构,工作几年,每天上班下班,工作繁杂而无聊。他经常问自己,为什么要做这份工作?这是自己想要的工作吗?偶然的机会,他读到了加拿大人肖恩·艾肯的书《一周工作计划:一个人,一年,52份工作》,西摩突然眼前一亮。肖恩·艾肯在书中说,由于工作没有激情,他辞职后于2008年实施了"一周一份工作"的计划,其间当过蹦极教练、好莱坞制片人等,最终找到了自己喜爱的工作。

"一周一份工作走遍职场"这个做法让西摩深受鼓舞,他果断辞去了自己的工作。但是却遭到了家人的反对,而且也遭到所在公司老板的嘲讽。老板告诉他,你这样工作连饭都混不上吃。"走着瞧!"这是西摩对他老板说的话,也是对自己的鼓励。

2012年初,他从洗碗工开始,在一家小餐馆找到了第一份工作。为了在第一份工作完成后，不间断、不浪费时间，下一周能够继续工作，他效仿加拿大人肖恩·艾肯在个人网站、博客等网络上宣传自己，并主动与媒体接触，引起社会的关注。接下来，他无论走到哪个城市，都会有老板主动联系他去工作。找工作很顺利，但每一份工作不一定让西摩喜欢。西摩在做厕所清洁员时，很爱面子的他下不了决心，为此，在第一天上班时他戴了个大口罩遮住自己的半张脸；在柜台推销女性卫生棉时，他不知道该如何向前来的女性讲解，两天只卖出几包；在婚庆公司做活动策划时，接连几晚只睡几个小时……

每一份工作并不是那么轻松，每一份工作西摩都不敢怠慢，什么工作都认认真真去做。就这样，西摩以平均一周换一份工作的速度，走遍了澳大利亚，体验了洗碗工、厕所清洁工、送货员、园艺工、酿酒工人、农场工人、酒保、活动策划、卫生棉推销员、记者、房屋中介、乐队经理等52种工作。

体验52种工作，也结识了52位形形色色的老板。大多数老板对西摩的举动并没有嗤之以鼻，对他认真负责的工作态度表示赞许。有位酒吧老板像老朋友般经常和他聊天，他对西摩说，如果他还年轻，也像西摩那样去体验不同的工作。让西摩感受最深的是大多数老板都有一个艰苦创业的心酸故事，他们的成功之处就是非常热爱自己从事的工作，愿意与人一同分享工作的快乐。西摩从他们身上看到了"闪光点"，并学到了一些可贵的品质。结束体验后，他还把一年的工作收入，全部捐给了慈善机构。

一周一份工作，超爽吗？NO！

其实，西摩真实的想法不是为了图刺激，而是为了体验生活，探寻工作的意义，为从事长久的工作来打算。